U0088382

# 3個字
# 搞定日語會話

たった3語で話せる日本語会話

雅典日研所　編著

# 50音基本發音表

## 清音

MP3 002

| a ㄚ | i ㄧ | u ㄨ | e ㄝ | o ㄡ |
|---|---|---|---|---|
| あ ア | い イ | う ウ | え エ | お オ |
| ka ㄎㄚ | ki ㄎㄧ | ku ㄎㄨ | ke ㄎㄝ | ko ㄎㄡ |
| か カ | き キ | く ク | け ケ | こ コ |
| sa ㄙㄚ | shi ㄒ | su ㄙ | se ㄙㄝ | so ㄙㄡ |
| さ サ | し シ | す ス | せ セ | そ ソ |
| ta ㄊㄚ | chi ㄑㄧ | tsu ㄘ | te ㄊㄝ | to ㄊㄡ |
| た タ | ち チ | つ ツ | て テ | と ト |
| na ㄋㄚ | ni ㄋㄧ | nu ㄋㄨ | ne ㄋㄝ | no ㄋㄡ |
| な ナ | に ニ | ぬ ヌ | ね ネ | の ノ |
| ha ㄏㄚ | hi ㄏㄧ | fu ㄈㄨ | he ㄏㄝ | ho ㄏㄡ |
| は ハ | ひ ヒ | ふ フ | へ ヘ | ほ ホ |
| ma ㄇㄚ | mi ㄇㄧ | mu ㄇㄨ | me ㄇㄝ | mo ㄇㄡ |
| ま マ | み ミ | む ム | め メ | も モ |
| ya ㄧㄚ | | yu ㄧㄩ | | yo ㄧㄡ |
| や ヤ | | ゆ ユ | | よ ヨ |
| ra ㄌㄚ | ri ㄌㄧ | ru ㄌㄨ | re ㄌㄝ | ro ㄌㄡ |
| ら ラ | り リ | る ル | れ レ | ろ ロ |
| wa ㄨㄚ | | o ㄡ | | n ㄣ |
| わ ワ | | を ヲ | | ん ン |

## 濁音

MP3 003

| ga ㄍㄚ | gi ㄍㄧ | gu ㄍㄨ | ge ㄍㄝ | go ㄍㄡ |
|---|---|---|---|---|
| が ガ | ぎ ギ | ぐ グ | げ ゲ | ご ゴ |
| za ㄗㄚ | ji ㄐㄧ | zu ㄗ | ze ㄗㄝ | zo ㄗㄡ |
| ざ ザ | じ ジ | ず ズ | ぜ ゼ | ぞ ゾ |
| da ㄉㄚ | ji ㄐㄧ | zu ㄗ | de ㄉㄝ | do ㄉㄡ |
| だ ダ | ぢ ヂ | づ ヅ | で デ | ど ド |
| ba ㄅㄚ | bi ㄅㄧ | bu ㄅㄨ | be ㄅㄝ | bo ㄅㄡ |
| ば バ | び ビ | ぶ ブ | べ ベ | ぼ ボ |
| pa ㄆㄚ | pi ㄆㄧ | pu ㄆㄨ | pe ㄆㄝ | po ㄆㄡ |
| ぱ パ | ぴ ピ | ぷ プ | ぺ ペ | ぽ ポ |

# 拗音

| kya ㄎㄧㄚ | kyu ㄎㄧㄩ | kyo ㄎㄧㄡ |
|---|---|---|
| きゃ キャ | きゅ キュ | きょ キョ |
| sha ㄒㄧㄚ | shu ㄒㄧㄩ | sho ㄒㄧㄡ |
| しゃ シャ | しゅ シュ | しょ ショ |
| cha ㄑㄧㄚ | chu ㄑㄧㄩ | cho ㄑㄧㄡ |
| ちゃ チャ | ちゅ チュ | ちょ チョ |
| nya ㄋㄧㄚ | nyu ㄋㄧㄩ | nyo ㄋㄧㄡ |
| にゃ ニャ | にゅ ニュ | にょ ニョ |
| hya ㄏㄧㄚ | hyu ㄏㄧㄩ | hyo ㄏㄧㄡ |
| ひゃ ヒャ | ひゅ ヒュ | ひょ ヒョ |
| mya ㄇㄧㄚ | myu ㄇㄧㄩ | myo ㄇㄧㄡ |
| みゃ ミャ | みゅ ミュ | みょ ミョ |
| rya ㄌㄧㄚ | ryu ㄌㄧㄩ | ryo ㄌㄧㄡ |
| りゃ リャ | りゅ リュ | りょ リョ |

| gya ㄍㄧㄚ | gyu ㄍㄧㄩ | gyo ㄍㄧㄡ |
|---|---|---|
| ぎゃ ギャ | ぎゅ ギュ | ぎょ ギョ |
| ja ㄐㄧㄚ | ju ㄐㄧㄩ | jo ㄐㄧㄡ |
| じゃ ジャ | じゅ ジュ | じょ ジョ |
| ja ㄐㄧㄚ | ju ㄐㄧㄩ | jo ㄐㄧㄡ |
| ぢゃ ヂャ | づゅ ヂュ | ぢょ ヂョ |
| bya ㄅㄧㄚ | byu ㄅㄧㄩ | byo ㄅㄧㄡ |
| びゃ ビャ | びゅ ビュ | びょ ビョ |
| pya ㄆㄧㄚ | pyu ㄆㄧㄩ | pyo ㄆㄧㄡ |
| ぴゃ ピャ | ぴゅ ピュ | ぴょ ピョ |

● 平假名 片假名

# 前 言

　　本書為讓讀者用最短最方便的句子就能明確表情達意，特別精選在 3 個單字或 3 個短語內就能完結的日語會話句，期待能提供讀者更快速有效的會話學習捷徑。

　　本書的特色如下：

・ 基礎用語介紹

　　列出該主題常用的單字或是短句用語，加強構成會話的基礎實力。

・ 3 個字內完成會話句

　　用 3 個單字或是 3 個短句用語，即可完成日語會話句。

・ 依場合列出會話

　　將不同的場合分門別類，讀者可依需求學習，而每個主題內再細分成不同狀況，表情達意更輕鬆。

・ 標示非敬語

　　日語中依對象的不同可分為敬語和非敬語。對不熟的朋友或在正式的場合時用敬語，而對熟識的朋友或年齡地位比發話者低者則可用非敬語。本書中將非敬語的會話用 非敬語 的符號標示，讀者在學習時可依此分辨該會話使用的場合及對象。

# 目 錄

## 外出篇

## 旅行篇

交友篇

## 初次見面

### 基礎用語

| | | |
|---|---|---|
| 初次見面 | 初<sup>はじ</sup>めまして | ha.ji.me.ma.shi.te. |
| 請多指教 | よろしく | yo.ro.shi.ku. |
| 拜託 | お願<sup>ねが</sup>いします | o.ne.ga.i.shi.ma.su. |
| 一直想見面 | 会<sup>あ</sup>いたかった | a.i.ta.ka.tta. |
| 高興 | うれしい | u.re.shi.i. |

### 初次見面

初次見面。
初<sup>はじ</sup>めまして。
ha.ji.me.ma.shi.te.

初次見面，我叫 Tom。
初<sup>はじ</sup>めまして、 トムと 言<sup>い</sup>います。
ha.ji.me.ma.shi.te. to.mu.to. i.i.ma.su.

請多多指教。
どうぞ よろしく お願<sup>ねが</sup>いします。
do.u.zo. yo.ro.shi.ku. o.ne.ga.i.shi.ma.su.

很高興見面

很高興見上一面
会えて　うれしいです。
a.e.te.　　u.re.shi.i.de.su.

很高興能見上一面。
お会い　できて　うれしいです。
o.a.i.　　de.ki.te.　u.re.shi.i.de.su.

一直很想和你見面。
会いたかったです。
a.i.ta.ka.tta.de.su.

謝謝你願意和我見面。
会って　くれて　ありがとう。
a.tte.　　ku.re.te.　a.ri.ga.to.u.

以前見過

我們是不是見過？
どこかで　お会い　しませんでしたか？
do.ko.ka.de.　o.a.i.　　shi.ma.se.n.de.shi.ta.ka.

　　因為是初次見面，所以這裡用的都是可用於正式場合的禮貌說法。而「お会いできてうれしいです」又比「会えてうれしいです」更有禮貌。

# 問名字

## 基礎用語

| | | |
|---|---|---|
| 名字 | 名前<br>なまえ | na.ma.e. |
| 名片 | 名刺<br>めいし | me.i.shi. |
| 是什麼 | 何ですか<br>なん | na.n.de.su.ka. |
| 叫做 | ～と言います<br>い | to.i.i.ma.su. |
| 叫我 | ～と呼んで<br>よ | to.yo.n.de. |

## 問名字

你叫什麼名字？
お名前は　何ですか？
なまえ　　なん
o.na.ma.e.wa.　na.n.de.su.ka.

可以要你的名片嗎？
名刺を　いただけますか？
めいし
me.i.shi.o.　i.ta.da.ke.ma.su.ka.

該怎麼稱呼你？
何て　呼んだら　いいですか？
なん　よ
na.n.te.　yo.n.da.ra.　i.i.de.su.ka.

### 自我介紹

我是 Tom。

わたしは　トムです。
wa.ta.shi.wa.　to.mu.de.su.

我叫 Tom。

トムと　言います。
to.mu.to.　i.i.ma.su.

我的名字是 Tom。

わたしの　名前は　　トムです。
wa.ta.shi.no.　na.ma.e.wa.　to.mu.de.su.

### 非敬語怎麼說

可以叫你的名嗎？(剛認識時只稱呼姓氏)
下の名前で　　　呼んで　いい？
shi.ta.no.na.ma.e.de.　yo.n.de.　　i.i.

叫我 Tom。

トムと　呼んで。
to.mu.to.　yo.n.de.

那人叫什麼名字來著？(本來知道但忘記)
あの人の　名前は　　何だっけ？
a.no.hi.to.no.　na.ma.e.wa.　na.n.da.kke.

# 自我介紹

MP3
007

| 自我介紹 | 自己紹介（じこしょうかい） | ji.ko.sho.ku.ka.i. |
| --- | --- | --- |
| 從～來 | ～から来ました（き） | ka.ra.ki.ma.shi.ta. |
| 來自 | 出身（しゅっしん） | shu.sshi.n |
| 單身 | 独身（どくしん） | do.ku.shi.n. |
| 結婚 | 結婚（けっこん） | ke.kko.n. |

自我介紹

請做自我介紹。
自己紹介（じこしょうかい） して ください。
ji.ko.sho.u.ka.i. shi.te ku.da.sa.i.

容我自我介紹。
自己紹介（じこしょうかい） させて いただきます。
ji.ko.sho.u.ka.i. sa.se.te i.ta.da.ki.ma.su.

可以請你自我介紹嗎？
自己紹介（じこしょうかい） して いただけますか？
ji.ko.sho.u.ka.i. shi.te. i.ta.da.ke.ma.su.ka.

来自哪裡

從台灣來。
<ruby>台湾<rt>たいわん</rt></ruby>から <ruby>来<rt>き</rt></ruby>ました。
ta.i.wa.n.ka.ra. ki.ma.shi.ta.

來自大阪。
<ruby>大阪出身<rt>おおさかしゅっしん</rt></ruby>です。
o.o.sa.ka.shu.sshi.n.de.su.

在名古屋長大。
<ruby>名古屋育<rt>なごやそだ</rt></ruby>ちです。
na.go.ya.so.da.chi.de.su.

婚姻狀態

你結婚了嗎？
<ruby>結婚<rt>けっこん</rt></ruby>して いますか？
ke.kko.n.shi.te. i.ma.su.ka.

結婚了。
<ruby>結婚<rt>けっこん</rt></ruby>して います。
ke.kko.n.shi.te. i.ma.su.

是單身。
<ruby>独身<rt>どくしん</rt></ruby>です。
do.ku.shi.n.de.su.

# 成為朋友

## 基礎用語

| | | |
|---|---|---|
| 朋友 | 友達<br>ともだち | to.mo.da.chi. |
| 聯絡方式 | 連絡先<br>れんらくさき | re.n.ra.ku.sa.ki. |
| 感情好 | 仲良くします<br>なかよ | na.ka.yo.ku.shi.<br>ma.su. |
| 志同道合 | 気が合います<br>き あ | ki.ga.a.i.ma.su. |
| 告訴我、<br>請教我 | 教えて<br>おし | o.shi.e.te. |

## 成為朋友

我們當朋友吧。
友達に　　　なりましょう。
ともだち
to.mo.da.chi.ni.　na.ri.ma.sho.u.

請和我當好朋友。
仲良くして　　ください。
なかよ
na.ka.yo.ku.shi.te.　ku.da.sa.i.

我們很合得來呢。
わたしたち　気が　合いますね。
き あ
wa.ta.shi.ta.chi.　ki.ga.　a.i.ma.su.ne.

問聯絡方式

要不要交換聯絡方式呢？
連絡先を　　　交換しませんか？
re.n.ra.ku.sa.ki.o.　ko.u.ka.n.shi.ma.se.n.ka.

以後也要保持聯絡喔。
今後　連絡を　　取り合いましょう。
ko.n.go.　re.n.ra.ku.o.　to.ri.a.i.ma.sho.u.

請告訴我你的 mail。
メールアドレスを　教えて　ください。
me.e.ru.a.do.re.su.o.　o.shi.e.te.　ku.da.sa.i.

非敬語怎麼說　　（非敬語）

我們當朋友啦。
友達に　　　　なろうよ。
to.mo.da.chi.ni.　na.ro.u.yo.

告訴我聯絡方式。
連絡先を　　　教えて。
re.n.ra.ku.sa.ki.o.　o.shi.e.te.

之後再傳 mail 給你好嗎？
後で　メールを　してもいい？
a.to.de.　me.e.ru.o.　shi.te.mo.i.i.

# 問年齡

MP3 009

## 基礎用語

| 幾歲 | おいくつ | o.i.ku.tsu. |
|---|---|---|
| 幾歲 | <ruby>何 歳<rt>なんさい</rt></ruby> | na.n.sa.i. |
| 哪一年出生 | <ruby>何年生<rt>なんねんう</rt></ruby>まれ | na.n.ne.n.u.ma.re. |
| 年長 / 年幼 | <ruby>年上<rt>としうえ</rt></ruby>/<ruby>年下<rt>としした</rt></ruby> | to.shi.u.e./to.shi.shi.ta. |
| (10) 歲出頭 | (10)<ruby>代前半<rt>だいぜんはん</rt></ruby> | (ju.u.)da.i.ze.n.ha.n. |

## 問年紀

請問你幾歲？

おいくつですか？
o.i.ku.tsu.de.su.ka.

現在幾歲呢？
今　何歳ですか？
i.ma.　na.n.sa.i.de.su.ka.

幾年出生的呢？
何年生まれですか？
na.n.ne.n.u.ma.re.de.su.ka.

自己的年紀

我是 2000 年出生的。
2000 年生まれです。
ni.se.n.ne.n.u.ma.re.de.su.

快 20 歲了。(10 代後半：接近 20 歲)
10 代後半です。
ju.u.da.i.ko.u.ha.n.de.su.

現在 17 歲。
１７ 歳です。
ju.u.na.na.sa.i.de.su.

非敬語怎麼說　非敬語

幾歲呢？
何歳なの？
na.n.sa.i.na.no.

哪年生的？
何 年生まれ？
na.n.ne.n.u.ma.re.

我的年紀比較大。

わたしの　ほうが　年上だ。
wa.ta.shi.no.　ho.u.ga.　to.shi.u.e.da.

25

# 非敬語

MP3
010

## 基礎用語

| | | |
|---|---|---|
| 敬語 | 敬語<br>けいご | ke.i.go. |
| 非敬語 | タメ口<br>ぐち | ta.me.gu.chi. |
| 用敬語說話 | 敬語で<br>けいご | ke.i.go.de. |
| 放棄吧、<br>停止吧 | やめましょう | ya.me.ma.sho.u. |
| 為什麼 | 何で<br>なん | na.n.de. |

## 要對方別說敬語　(非敬語)

說非敬語就好了。

タメ語で　いいよ。
ご
ta.me.go.de.　i.i.yo.

不必用敬語喔。

敬語　なしで　いいよ。
けいご
ke.i.go.　na.shi.de.　i.i.yo.

不要再用敬語了。

もう　敬語は　やめようよ。
けいご
mo.u.　ke.i.go.wa.　ya.me.yo.u.yo.

以後都用非敬語說話吧。

これから　タメ口で　話してよ。
ko.re.ka.ra.　ta.me.gu.chi.de.　ha.na.shi.te.yo.

問可否不用敬語

可以用非敬語說話嗎？

タメ口で　話しても　いいですか？
ta.me.gu.chi.de.　ha.na.shi.te.mo.　i.i.de.su.ka.

那我就不用敬語了。

じゃあ、敬語なしで　いきます。
ja.a.　ke.i.go.na.shi.de.　i.ki.ma.su.

我們都用非敬語吧。 非敬語

お互い　タメ口で　話そうよ。
o.ta.ga.i.　ta.me.gu.chi.de.　ha.na.so.u.yo.

問為何不用敬語

你怎麼用非敬語呢？ 非敬語

何で　タメ口　なの？
na.n.de.　ta.me.gu.chi.　na.no.

說敬語！

敬語で　話しなさい。
ke.i.go.de.　ha.na.shi.na.sa.i.

27

# 表示感謝

## 基礎用語

| 謝謝 | ありがとう | a.ri.ga.to.u. |
| --- | --- | --- |
| 道謝 | お礼<br>れい | o.re.i. |
| 照顧、關照 | お世話<br>せ わ | o.se.wa. |
| 不客氣 | どういたし<br>まして | do.u.i.ta.shi.<br>ma.shi.te. |
| 別在意 | 気にしないで<br>き | ki.ni.shi.na.i.de. |

## 十分感謝

感謝。

ありがとう　ございます。
a.ri.ga.to.u.　go.za.i.ma.su.

無法形容我的感謝。
お礼の　言葉も　ありません。
れい　　ことば
o.re.i.no.　ko.to.ba.mo.　a.ri.ma.se.n.

前些日子受你照顧了。
先日は　　お世話に　なりました。
せんじつ　せ わ
se.n.ji.tsu.wa. o.se.wa.ni.　na.ri.ma.shi.ta.

### 道謝

謝謝。 非敬語

どうも。
do.u.mo.

謝謝你總是照顧我。

いつも　ありがとう。
i.tsu.mo.　a.ri.ga.to.u.

謝謝你來。

来て　くれて　ありがとう。
ki.te.　ku.re.te.　a.ri.ga.to.u.

### 不客氣

不，別客氣。

いいえ、どういたしまして。
i.i.e.　do.u.i.ta.shi.ma.shi.te.

您客氣了。 非敬語

とんでもない。
to.n.de.mo.na.i.

別在意。/ 別客氣。 非敬語

ううん、　気にしないで。
u.u.n.　ki.ni.shi.na.i.de.

# 介紹朋友

## 基礎用語

| | | |
|---|---|---|
| 介紹 | 紹介します<br>しょうかい | sho.u.ka.i.<br>shi.ma.su. |
| 這位、這裡 | こちら | ko.chi.ra. |
| 是～先生、<br>是～小姐 | ～さんです | sa.n.de.su. |
| 哪位 | どなた | do.na.ta. |
| 好朋友 | 親友<br>しんゆう | shi.n.yu.u. |

## 為人介紹

由我來介紹。

ご紹介 します
しょうかい
go.sho.u.ka.i.　shi.ma.su.

這位是 Tom 先生。

こちらは　トムさんです。
ko.chi.ra.wa.　to.mu.sa.n.de.su.

我來介紹我的朋友。

わたしの　友達を　紹介しますね。
ともだち　　　しょうかい
wa.ta.shi.no.　to.mo.da.chi.o.　sho.u.ka.i.shi.
ma.su.ne.

請人介紹

這位是誰？

こちらは　どなたですか？
ko.chi.ra.wa.　do.na.ta.de.su.ka.

可以幫我介紹部長嗎？
部長を　ご紹介　いただけませんか？
bu.cho.u.o.　go.sho.u.ka.i.　i.ta.da.ke.ma.se.n.ka.

非敬語怎麼說

非敬語

我介紹他給你認識。
彼を　紹介するね。
ka.re.o.　sho.u.ka.i.su.ru.ne.

Tom 是我的好朋友喔。
トムは　わたしの　親友よ。
to.mu.wa.　wa.ta.shi.no.　shi.n.yu.u.yo.

下次介紹朋友給我認識啦。
今度　友達を　紹介してよ。
ko.n.do.　to.mo.da.chi.o.　sho.u.ka.i.shi.te.yo.

你要幫我介紹嗎？
紹介して　くれるの？
sho.u.ka.i.shi.te.　ku.re.ru.no.

## 介紹台灣

MP3
013

### 基礎用語

| 夜市 | 夜市<br><small>よいち</small> | yo.i.chi. |
|------|------|------|
| 傳統 | 伝統<br><small>でんとう</small> | de.n.to.u. |
| 正流行 | 流行っています<br><small>はや</small> | ha.ya.tte.i.ma.su. |
| 相異處 | 違い<br><small>ちが</small> | chi.ga.i. |
| (吃)看看 | (食べ)てみて<br><small>た</small> | (ta.be.)te.mi.te. |

### 台灣特色

**去過夜市嗎？**

夜市に 行ったことが ありますか？
<small>よいち　　い</small>

yo.i.chi.ni. i.tta.ko.to.ga. a.ri.ma.su.ka.

**知道101嗎？**

１０１は 知って いますか？
<small>いちまるいち　　　し</small>

i.chi.ma.ru.i.chi.wa. shi.tte. i.ma.su.ka.

**吃過小籠包嗎？**

小籠包は 食べたことが ありますか？
<small>しょうろんぽう　　た</small>

sho.u.ro.n.po.u.wa. ta.be.ta.ko.to.ga.
a.ri.ma.su.ka.

32　3個字搞定日語會話

傳統與流行

這是台灣傳統的東西。
これは 台湾の 伝統のものです。
ko.re.wa. ta.i.wa.n.no. de.n.to.u.no.mo.no.
de.su.

在台灣正流行喔。
台湾で 流行って いますよ。
ta.i.wa.n.de. ha.ya.tte. i.ma.su.yo.

這裡很有名。
ここが 有名です。
ko.ko.ga. yu.u.me.i.de.su.

推薦

請吃看看。
食べて みて ください。
ta.be.te. mi.te. ku.da.sa.i.

請去看看。
行って みて ください
i.tte. mi.te. ku.da.sa.i.

做看看。 非敬語
やって みて。
ya.tte. mi.te.

# 了解日本

## 基礎用語

| 哪裡 | どこ | do.ko. |
| --- | --- | --- |
| 什麼時候 | いつ | i.tsu. |
| 受歡迎 | 人気 | ni.n.ki. |
| 觀光景點 | 観光地 | ka.n.ko.u.chi. |
| 慶典 | 祭り | ma.tsu.ri. |

## 詢問

哪個觀光景點好呢？
観光地は　どこが　いいですか？
ka.n.ko.u.chi.wa. do.ko.ga. i.i.de.su.ka.

這裡什麼有名？
ここは　何が　有名ですか？
ko.ko.wa. na.ni.ga. yu.u.me.i.de.su.ka.

哪個季節比較好？
季節は　いつが　いいですか？
ki.se.tsu.wa. i.tsu.ga. i.i.de.su.ka.

受歡迎嗎？
にんき
人気 ありますか？
ni.n.ki. a.ri.ma.su.ka.

想嘗試

想喝看看。
の
飲んで みたいです。
no.n.de. mi.ta.i.de.su.

在電視上看過。
み
テレビで 見たことが あります。
te.re.bi.de. mi.ta.ko.to.ga. a.ri.ma.su.

想去慶典看看。
まつ い
お祭りに 行って みたいです。
o.ma.tsu.ri.ni. i.tte. mi.ta.i.de.su.

名産

這裡的烏龍麵很著名。
ゆうめい
ここは うどんが 有名です。
ko.ko.wa. u.do.n.ga. yu.u.me.i.de.su.

有很多觀光景點。
かんこうち
観光地は たくさん あります。
ka.n.ko.u.chi.wa. ta.ku.sa.n. a.ri.ma.su.

基礎用語

| 很棒、出色 | すてき 素敵 | su.te.ki. |
|---|---|---|
| 很帥 | かっこいい | ka.kko.i.i. |
| 漂亮 | きれい | ki.re.i. |
| 擅長、厲害 | じょうず 上手 | jo.u.zu. |
| 羨慕 | うらや 羨ましい | u.ra.ya.ma.shi.i. |

稱讚對方

今天也很出色。
きょう すてき
今日も 素敵です。
kyo.u.mo. su.te.ki.de.su.

真的很帥。
ほんとう
本当に かっこいいです。
ho.n.to.u.ni. ka.kko.i.i.de.su.

很厲害。
じょうず
すごく 上手ですね。
su.go.ku. jo.u.zu.de.su.ne.

接受稱讚

謝謝。

ありがとう。
a.ri.ga.to.u.

沒這回事啦。

そんなこと　ないです。
so.n.na.ko.to.　na.i.de.su.

即使是客套話我也很開心。

お世辞でも　うれしいです。
o.se.ji.de.mo.　u.re.shi.i.de.su.

非敬語怎麼說　　非敬語

很棒呢。

ものすごく　いいね。
mo.no.su.go.ku.　i.i.ne.

真的做得很好呢。

ホント　上手だね。
ho.n.to.　jo.u.zu.da.ne.

真羨慕田中君。

田中くんが　羨ましいよ。
ta.na.ka.ku.n.ga.　u.ra.ya.ma.shi.i.yo.

# 詢問意願

MP3
015

## 基礎用語

| | | |
|---|---|---|
| 可以嗎 | いいですか | i.i.de.su.ka. |
| 怎麼樣呢 | どうですか | do.u.de.su.ka. |
| 沒問題嗎 | <ruby>大丈夫<rt>だいじょうぶ</rt></ruby>ですか | da.i.jo.u.bu. de.su.ka. |
| 覺得、思考 | <ruby>思<rt>おも</rt></ruby>います | o.mo.i.ma.su. |
| 在意 | <ruby>気<rt>き</rt></ruby>になります | ki.ni.na.ri.ma.su. |

## 問意願

**有興趣嗎?**
<ruby>興味<rt>きょうみ</rt></ruby>が ありますか?
kyo.u.mi.ga. a.ri.ma.su.ka.

**要不要一起呢?**
<ruby>一緒<rt>いっしょ</rt></ruby>に どうですか?
i.ssho.ni. do.u.de.su.ka.

**沒問題嗎? / 還好嗎?**
<ruby>大丈夫<rt>だいじょうぶ</rt></ruby>ですか?
da.i.jo.u.bu.de.su.ka.

問想法

覺得怎麼樣呢？
どう 思いますか？
do.u. o.mo.i.ma.su.ka.

不覺得在意嗎？
気に なりませんか？
ki.ni. na.ri.ma.se.n.ka.

為什麼這麼想呢？
何で そう 思いますか？
na.n.de. so.u. o.mo.i.ma.su.ka.

非敬語怎麼說 （非敬語）

有一點遠，沒關係嗎？
ちょっと 遠いけど 大丈夫？
cho.tto. to.o.i.ke.do. da.i.jo.u.bu.

對衣服有興趣嗎？
洋服に 興味 ある？
yo.u.fu.ku.ni. kyo.u.mi. a.ru.

有一點狹小，可以嗎？
狭いけど いいかな？
se.ma.i.ke.do. i.i.ka.na.

# 回答

## 基礎用語

| | | |
|---|---|---|
| 不用了 | <ruby>結構<rt>けっこう</rt></ruby>です | ke.kko.u.de.su. |
| 好、可以了 | いいです | i.i.de.su. |
| 當然 | もちろん | mo.chi.ro.n. |
| 知道了 | <ruby>分<rt>わ</rt></ruby>かりました | wa.ka.ri.ma.shi.ta. |
| 不知道 | <ruby>分<rt>わ</rt></ruby>かりません | wa.ka.ri.ma.se.n. |

## 同意

好，可以喔。

はい、いいですよ。
ha.i.　　i.i.de.su.yo.

我覺得可以。

いいと　<ruby>思<rt>おも</rt></ruby>いますよ。
i.i.to.　　o.mo.i.ma.su.yo.

好的，我知道了。

はい、<ruby>分<rt>わ</rt></ruby>かりました。
ha.i.　　wa.ka.ri.ma.shi.ta.

## 拒絕

不，我不必了。

いや、わたしは 結構です。
i.ya.　wa.ta.shi.wa.　ke.kko.u.de.su.

已經夠了。( 表示拒絕 )

もう　いいです。
mo.u.　i.i.de.su.

這個...。/ 有點不方便...。( 委婉拒絕 )

ちょっと…。
cho.tto.

## 存疑

真的嗎？

本当ですか？
ho.n.to.u.de.su.ka.

為什麼呢？

どうしてですか？
do.u.shi.te.de.su.ka.

我不太清楚。

よく　分かりません。
yo.ku.　wa.ka.ri.ma.se.n.

# 請求

## 基礎用語

| | | |
|---|---|---|
| 請、給我 | ください | ku.da.sa.i. |
| 給我 | ちょうだい | cho.u.da.i. |
| 給我看 | 見せて | mi.se.te. |
| 帶我去 | 連れて行って | tsu.re.te.i.tte. |
| 告訴我、教我 | 教えて | o.shi.e.te. |

## 請求

請給我看那個。

それを 見せて ください。
so.re.o.　mi.se.te.　ku.da.sa.i.

請教我。/ 請告訴我。

教えて ください。
o.shi.e.te.　ku.da.sa.i.

拜託。

お願いします。
o.ne.ga.i.shi.ma.su.

回應

當然好。

もちろん、いいですよ。
mo.chi.ro.n.　i.i.de.su.yo.

我很樂意。可以喔。

よろこんで、いいですよ。
yo.ro.ko.n.de.　i.i.de.su.yo.

非敬語怎麼說　　非敬語

帶我去百貨公司嘛。

デパートに　連れて　行ってよ。
de.pa.a.to.ni.　tsu.re.te.　i.tte.yo.

打電話給我。

電話して　ちょうだい。
de.n.wa.shi.te.　cho.u.da.i.

欸，這個給我。( ねぇ：喂、欸；叫對方 )

ねぇ、これ　ちょうだい。
ne.e.　ko.re.　cho.u.da.i.

當然給你啊。

もちろん　あげるよ。
mo.chi.ro.n.　a.ge.ru.yo.

當然幫你啊。

もちろん　やって　あげるよ。
mo.chi.ro.n.　ya.tte.　a.ge.ru.yo.

MP3
018

基礎用語

| 聊表心意 | 心<ruby>ばかり<rt>こころ</rt></ruby> | ko.ko.ro.ba.ka.ri. |
|---|---|---|
| 聊表心意 | ほんの気持ち | ho.n.no.ki.mo.chi. |
| 微小的、微薄的 | ささやか | sa.sa.ya.ka. |
| 收下 | お受け取り | o.u.ke.to.ri. |
| 喜歡 | 気に入ります | ki.ni.i.ri.ma.su. |

謙虛

只是小心意。
心ばかりの　　ものですが。
ko.ko.ro.ba.ka.ri.no.　mo.no.de.su.ga

只是聊表心意。
ほんの気持ちですが。
ho.n.no.ki.mo.chi.de.su.ga.

這個請收下，只是小東西。

これ　どうぞ、ささやかですが。
ko.re.　do.u.zo.　sa.sa.ya.ka.de.su.ga.

請對方收下

請笑納。
お受け取り　ください。
o.u.ke.to.ri.　ku.da.sa.i.

請笑納。
お納め　ください。
o.o.sa.me.　ku.da.sa.i.

請收下。
受け取って　ください。
u.ke.to.tte.　ku.da.sa.i.

希望對方喜歡

希望你會喜歡。
気に入って　くれると　うれしいです。
ki.ni.i.tte.　ku.re.ru.to.　u.re.shi.i.de.su.

覺得你應該會喜歡。
気にいるん　じゃないかと　思って。
ki.ni.i.ru.n.　ja.na.i.ka.to.　o.mo.tte.

覺得應該適合你。 非敬語
あなたに　似合うん　じゃないかしら。
a.na.ta.ni.　ni.a.u.n.　ja.na.i.ka.shi.ra.

45

# 歡迎道別

MP3
019

## 基礎用語

| 歡迎 | ようこそ | yo.u.ko.so. |
|---|---|---|
| 那麼 | それでは | so.re.de.wa. |
| 小心、注意 | 気をつけて | ki.o.tsu.ke.te. |
| 再見 | またね | ma.ta.ne. |
| 再見 | バイバイ | ba.i.ba.i. |

## 歡迎

歡迎。

ようこそ。
yo.u.ko.so.

歡迎你來。 非敬語

よく　来たね。
yo.ku.　ki.ta.ne.

歡迎。

いらっしゃい。
i.ra.ssha.i.

### 道別

那麼就下次見。/ 那麼就再聯絡。

それでは、また。
so.re.de.wa.　ma.ta.

回家路上小心。

気をつけて　帰って　ください。
ki.o.tsu.ke.te.　ka.e.tte.　ku.da.sa.i.

再見。/ 再聯絡。 非敬語

またね。
ma.ta.ne.

### 期待再會

有機會再見面吧。

また　会いましょう。
ma.ta.　a.i.ma.sho.u.

下次再見。 非敬語

また　今度ね。
ma.ta.　ko.n.do.ne.

近期再找個時間聊。 非敬語

また　近いうちに　話そうね。
ma.ta.　chi.ka.i.u.chi.ni.　ha.na.so.u.ne.

# 祕密

## 基礎用語

| | | |
|---|---|---|
| 祕密 | 秘密 (ひみつ) | hi.mi.tsu. |
| 保密 | 内緒 (ないしょ) | na.i.sho. |
| 不要說 | 言わないで (い) | i.wa.na.i.de. |
| 遵守、保護 | 守ります (まも) | ma.mo.ri.ma.su. |
| 不被發現、不爆料 | バレない | ba.re.na.i. |

## 這是祕密　非敬語

這件事祕密喔。

このことは　秘密(ひみつ)だよ。
ko.no.ko.to.wa.　hi.mi.tsu.da.yo.

這要保密喔。

これは　内緒(ないしょ)だよ。
ko.re.wa.　na.i.sho.da.yo.

這話不能傳出去。

ここだけの　話(はなし)だけど…。
ko.ko.da.ke.no.　ha.na.shi.da.ke.do.

### 請對方保守祕密

不可以告訴任何人喔。
誰<ruby>だれ</ruby>にも　言<ruby>い</ruby>わないでね。
da.re.ni.mo.　i.wa.na.i.de.ne.

要保密喔。
秘密<ruby>ひみつ</ruby>に　してね。
hi.mi.tsu.ni.　shi.te.ne.

### 我會保守祕密 非敬語

什麼都不會說的。
何<ruby>なに</ruby>も　言<ruby>い</ruby>わないわ。
na.ni.mo.　i.wa.na.i.wa.

我不會爆料的。

わたし　からは　バレないよ。
wa.ta.shi.　ka.ra.wa.　ba.re.na.i.yo.

我會保守祕密的。
秘密<ruby>ひみつ</ruby>は　守<ruby>まも</ruby>るよ。
hi.mi.tsu.wa.　ma.mo.ru.yo.

死都不會說。
墓場<ruby>はかば</ruby>まで　持<ruby>も</ruby>って　いく。
ha.ka.ba.ma.de.　mo.tte.　i.ku.

# 非敬語

　　在日語中依會話對象的不同，大致可分為「敬語」和「非敬語」兩種形式。在正式場合或是對不熟、比自己年長地位高的人，會用「敬語」。而對象若是較熟識的人，或是年齡地位較自己低的人，則可以用「非敬語」。敬語和非敬語，最方便的判斷方式是依句尾的文法形式判斷。若是句尾是「ます」、「です」，那麼就是屬於「敬語」。若是句尾是普通形，那麼就屬於「非敬語」。讀者可參考書中標示 非敬語 的句子練習判斷敬語和非敬語。

　　下面列出敬語和非敬語的比較：

敬語：興味が<u>あります</u>か？
非敬語：興味が<u>ある</u>？

敬語：このことは秘密<u>です</u>よ。
非敬語：このことは秘密<u>だ</u>よ。

敬語：それを見<u>せてください</u>。
非敬語：それを見<u>せて</u>。

近況交流篇

# 見面招呼

## 基礎用語

| 好久不見 | 久<ruby>久<rt>ひさ</rt></ruby>しぶり | hi.sa.shi.bu.ri. |
|---|---|---|
| 你好 | こんにちは | ko.n.ni.chi.wa. |
| 有精神、過得好 | <ruby>元気<rt>げんき</rt></ruby> | ge.n.ki. |
| 變化 | <ruby>変<rt>か</rt></ruby>わり | ka.wa.ri. |
| 又、再 | また | ma.ta. |

## 打招呼

你好。

こんにちは。
ko.n.ni.chi.wa.

早安。

おはよう　ございます。
o.ha.yo.u.　go.za.i.ma.su.

晚上好。

こんばんは。
ko.n.ba.n.wa.

### 再見面

好久不見。
お久しぶりです。
o.hi.sa.shi.bu.ri.de.su.

又見面了。
また　会いましたね。
ma.ta.　a.i.ma.shi.ta.ne.

### 問近況

過得好嗎？
お元気ですか？
o.ge.n.ki.de.su.ka.

最近怎麼樣？
最近　どうですか？
sa.i.ki.n.　do.u.de.su.ka.

近來可好？
いかが　お過ごしですか？
i.ka.ga.　o.su.go.shi.de.su.ka.

你看起來很有精神呢。 非敬語
元気そうだね。
ge.n.ki.so.u.da.ne.

# 問興趣

MP3
022

## 基礎用語

| 興趣 | しゅみ<br>趣味 | shu.mi. |
|------|------|---------|
| 其他 | ほか | ho.ka. |
| 膩、厭煩 | あ<br>飽きます | a.ki.ma.su. |
| 偶爾 | たまに | ta.ma.ni. |
| 看起來很好玩 | たの<br>楽しそう | ta.no.shi.so.u. |

## 問興趣

你的興趣是什麼？
しゅみ　　　なん
趣味は　何ですか？
shu.mi.wa.　na.n.de.su.ka.

其他還做些什麼？
　　　　　　なに
ほかにも　何か　やっていますか？
ho.ka.ni.mo.　na.ni.ka.　ya.tte.i.ma.su.ka.

請告訴我細節。
くわ　　　　おし
詳しく　教えて　ください。
ku.wa.shi.ku.　o.shi.e.te.　ku.da.sa.i.

### 自己的興趣

喜歡游泳。
<ruby>水泳<rt>すいえい</rt></ruby>が <ruby>好<rt>す</rt></ruby>きです。
su.i.e.i.ga. su.ki.de.su.

興趣是跳舞。
<ruby>趣味<rt>しゅみ</rt></ruby>は ダンスです。
shu.mi.wa. da.n.su.de.su.

下次一起吧。
<ruby>今度<rt>こんど</rt></ruby> <ruby>一緒<rt>いっしょ</rt></ruby>に やりましょう。
ko.n.do. i.ssho.ni. ya.ri.ma.sho.u.

### 感想

看起來很好玩。/ 看起來很開心。
<ruby>楽<rt>たの</rt></ruby>しそうですね。
ta.no.shi.so.u.de.su.ne.

最近覺得膩了。
<ruby>最近<rt>さいきん</rt></ruby> <ruby>飽<rt>あ</rt></ruby>きて きました。
sa.i.ki.n. a.ki.te. ki.ma.shi.ta.

只是偶爾（做）。

たまに だけです。
ta.ma.ni. da.ke.de.su.

# 家族成員

MP3 023

## 基礎用語

| 幾個人 | 何人<br>なんにん | na.n.ni.n. |
|---|---|---|
| 家人、家庭 | 家族<br>かぞく | ka.zo.ku. |
| 兄弟姊妹 | 兄弟<br>きょうだい | kyo.u.da.i. |
| 獨生子 | ひとりっ子<br>こ | hi.to.ri.kko. |
| 小孩 | 子供<br>こども | ko.do.mo. |

## 家族人數

家裡有幾個人？
何人家族ですか？
なんにんかぞく
na.n.ni.n.ka.zo.ku.de.su.ka.

有幾個兄弟姊妹？
兄弟は 何人 いますか？
きょうだい なんにん
kyo.u.da.i.wa. na.n.ni.n. i.ma.su.ka.

家裡有5個人。
5人家族です。
ごにんかぞく
go.ni.n.ka.zo.ku.de.su.

## 家庭構成

我家是大家庭。

わたしの　家は　大家族です。

wa.ta.shi.no.　i.e.wa.　da.i.ka.zo.ku.de.su.

我是獨生子(女)。

ひとりっ子です。

hi.to.ri.kko.de.su.

有1個姊姊。

姉が　1人　います。

a.ne.ga.　hi.to.ri.　i.ma.su.

有2個小孩。

子供が　2人　います。

ko.do.mo.ga.　fu.ta.ri.　i.ma.su.

## 家人現況

大的孩子是大學生。

上の子は　大学生です。

u.e.no.ko.wa.　da.i.ga.ku.se.i.de.su.

弟弟住在國外。

弟は　海外に　住んでいます。

o.to.u.to.wa.　ka.i.ga.i.ni.　su.n.de.i.ma.su.

# 居住地

## 基礎用語

| | | |
|---|---|---|
| 哪裡 | どこ | do.ko. |
| 住在 | 住んでいます | su.n.de.i.ma.su. |
| 獨居 | ひとり暮らし | hi.to.ri.gu.ra.shi. |
| 大約多少、大約多久 | どれくらい | do.re.ku.ra.i. |
| 利用(電車) | (電車)で | (de.n.sha.)de. |

## 居住地

住在哪裡呢？
どこに 住んでいますか？
do.ko.ni. su.n.de.i.ma.su.ka

住在台北。
台北に 住んでいます。
ta.i.pe.i.ni. su.n.de.i.ma.su.

從小就住台北。
子供の時から ずっと 台北です。
ko.do.mo.no.to.ki.ka.ra. zu.tto. ta.i.pe.i.de.su.

交通時間

從這裡大約要花多少時間呢？

ここから　どれくらい　かかりますか？
ko.ko.ka.ra.　do.re.ku.ra.i.　ka.ka.ri.ma.su.ka.

坐電車大約 10 分鐘。
でんしゃ　　　　じゅっぷん
電車で　　10 分です。
de.n.sha.de.　ju.ppu.n.de.su.

坐公車要花 1 個小時。
　　　　いちじかん
バスで　　1 時間　　かかります。
ba.su.de.　i.chi.ji.ka.n.　ka.ka.ri.ma.su.

居住狀況

獨居。

ひとり暮らしです。
hi.to.ri.gu.ra.shi.de.su.

沒和父母同住。
りょうしん　　　す
両親と　　住んでいません。
ryo.u.shi.n.to.　su.n.de.i.ma.se.n.

和家人住在一起。
かぞく　　　いっしょ　　す
家族と　　一緒に　　住んでいます。
ka.zo.ku.to.　i.ssho.ni.　su.n.de.i.ma.su.

# 喜好

## 基礎用語

| | | |
|---|---|---|
| 喜歡 | 好<ruby>き<rt>す</rt></ruby> | su.ki. |
| 最、第一 | 一番<ruby><rt>いちばん</rt></ruby> | i.chi.ba.n. |
| 誰 | 誰<ruby><rt>だれ</rt></ruby> | da.re. |
| 在(歌手)裡 | (歌手<ruby><rt>かしゅ</rt></ruby>)では | (ka.shu.)de.wa. |
| 這其中 | この中<ruby><rt>なか</rt></ruby> | ko.no.na.ka. |

## 喜歡什麼樣的

**喜歡什麼樣的人呢?**

どんな 人<ruby><rt>ひと</rt></ruby>が 好<ruby><rt>す</rt></ruby>きですか?

do.n.na. hi.to.ga. su.ki.de.su.ka.

**歌手裡喜歡誰?**

歌手<ruby><rt>かしゅ</rt></ruby>では 誰<ruby><rt>だれ</rt></ruby>が 好<ruby><rt>す</rt></ruby>きですか?

ka.shu.de.wa. da.re.ga. su.ki.de.su.ka.

**最喜歡誰?**

誰<ruby><rt>だれ</rt></ruby>が 一番<ruby><rt>いちばん</rt></ruby> 好<ruby><rt>す</rt></ruby>きですか?

da.re.ga. i.chi.ba.n. su.ki.de.su.ka.

喜歡的類型

喜歡溫柔的人。
優<sup>やさ</sup>しい 人<sup>ひと</sup>が 好<sup>す</sup>きです。
ya.sa.shi.i. hi.to.ga. su.ki.de.su.

沒有 ( 特別喜歡的 )。
特<sup>とく</sup>に いません。
to.ku.ni. i.ma.se.n.

為什麼喜歡那個呢？
どうして それが 好<sup>す</sup>きですか？
do.u.shi.te. so.re.ga. su.ki.de.su.ka.

非敬語怎麼說 非敬語

喜歡哪個？
どっちが 好<sup>す</sup>き？
do.cchi.ga. su.ki.

哪個都喜歡。
どれも 好<sup>す</sup>きよ。
do.re.mo. su.ki.yo.

這其中沒有喜歡的。
この中<sup>なか</sup>に 好<sup>す</sup>きなのは ないな。
ko.no.na.ka.ni. su.ki.na.no.wa. na.i.na.

# 討厭

基礎用語

| 討厭 | 嫌い | ki.ra.i. |
|------|------|----------|
| 不擅長、不喜歡 | 苦手 | ni.ga.te. |
| 很討厭 | 大嫌い | da.i.ki.rai. |
| 愛好 | 好み | ko.no.mi. |
| 生理上 | 生理的に | se.i.ri.te.ki.ni. |

討厭

不喜歡昆蟲。
虫が　苦手です。
mu.shi.ga.　ni.ga.te.de.su.

討厭念書。
勉強が　嫌いです。
be.n.kyo.u.ga.　ki.ra.i.de.su.

不會跳舞。
ダンスは　無理です。
da.n.su.wa.　mu.ri.de.su.

沒興趣

不太喜歡。
あまり　好きじゃないです。
a.ma.ri.　su.ki.ja.na.i.de.su.

不是我喜歡的。
わたしの　好みでは　ありません。
wa.ta.shi.no.　ko.no.mi.de.wa.　a.ri.ma.se.n.

不太喜歡動物。
動物は　　ちょっと…。
do.u.bu.tsu.wa.　cho.tto.

非敬語怎麼說

生理上 ( 天生 ) 無法接受。
生理的に　受け付けない。
se.i.ri.te.ki.ni.　u.ke.tsu.ke.na.i.

產生不了興趣。
興味が　わかないな。
kyo.u.mi.ga.　wa.ka.na.i.na.

很討厭那個人。
あの人が　大嫌い。
a.no.hi.to.ga.　da.i.ki.ra.i.

# 表達關心

## 基礎用語

| | | |
|---|---|---|
| 什麼 | 何か | na.ni.ka. |
| 怎麼了 | どうした | do.u.shi.ta. |
| 煩惱 | 悩み | na.ya.mi. |
| 困擾 | 困ります | ko.ma.ri.ma.su. |
| 討厭的事 | 嫌なこと | i.ya.na.ko.to. |

## 表達關心

**還好嗎？／沒問題嗎？**
大丈夫ですか？
da.i.jo.u.bu.de.su.ka.

**有什麼不開心的事嗎？**
嫌なこと　でも　ありますか？
i.ya.na.ko.to.　de.mo.　a.ri.ma.su.ka.

**在煩惱什麼嗎？**
悩んで　いますか？
na.ya.n.de.　i.ma.su.ka.

察覺對方反應

沒興趣嗎？
興味が　　ないですか？
きょうみ
kyo.u.mi.ga.　na.i.de.su.ka.

你在聽嗎？
聽いてます？
き
ki.i.te.ma.su.

有什麼在意的事嗎？
気になる　　ことでも　　ありますか？
き
ki.ni.na.ru.　ko.to.de.mo.　a.ri.ma.su.ka.

非敬語怎麼說　　（非敬語）

有什麼煩惱嗎？
何か　　困ってない？
なに　　こま
na.ni.ka.　ko.ma.tte.na.i.

在生氣嗎？
怒ってるの？
おこ
o.ko.tte.ru.no.

很緊張嗎？
緊張してる？
きんちょう
ki.n.cho.u.shi.te.ru.

65

MP3
028

基礎用語

| 開心 | <ruby>楽<rt>たの</rt></ruby>しい | ta.no.shi.i. |
|------|------|------|
| 有趣 | <ruby>面白<rt>おもしろ</rt></ruby>い | o.mo.shi.ro.i. |
| 好笑 | うける | u.ke.ru. |
| 真好 | いいなあ | i.i.na.a. |
| 太棒了 | <ruby>最高<rt>さいこう</rt></ruby> | sa.i.ko.u. |
| 無趣 | つまらない | tsu.ma.ra.na.i. |
| 想睡 | <ruby>眠<rt>ねむ</rt></ruby>い | ne.mu.i. |
| 哀傷 | <ruby>悲<rt>かな</rt></ruby>しい | ka.na.shi.i. |
| 煩、吵 | うるさい | u.ru.sa.i. |
| 寂寞 | <ruby>寂<rt>さび</rt></ruby>しい | sa.bi.shi.i. |

　　表達情緒的時候，因為多半是自言自語或事出突然的狀況，所以通常用非敬語。

開心 （非敬語）

非常開心。

すごく　楽<sup>たの</sup>しい。
su.go.ku.　ta.no.shi.i.

太好了。

やった！
ya.tta.

鬆了一口氣。

ほっと　した。
ho.tto.　shi.ta.

負面情緒 （非敬語）

不要啦。/ 我不想啦。

嫌<sup>いや</sup>だよ。
i.ya.da.yo.

好想哭喔。

泣<sup>な</sup>きたいよ。
na.ki.ta.i.yo.

嚇了一跳。

びっくり　した。
bi.kku.ri.　shi.ta.

# 敘述感想

## 基礎用語

| 怎麼樣呢 | どうでしたか | do.u.de.shi.ta.ka. |
|---|---|---|
| 感想 | 感想<br>かんそう | ka.n.so.u. |
| 給人聽、<br>給人問 | 聞かせます<br>き | ki.ka.se.ma.su. |
| 差強人意 | いまいち | i.ma.i.chi. |
| 失望 | がっかり | ga.kka.ri. |

## 詢問感想

旅行怎麼樣？
旅行は　どうでしたか？
りょこう
ryo.ko.u.wa.　do.u.de.shi.ta.ka.

請告訴我感想。
感想を　聞かせて　ください。
かんそう　き
ka.n.so.u.o.　ki.ka.se.te.　ku.da.sa.i.

覺得怎麼樣？ 非敬語
どうだった？
do.u.da.tta.

正面感想　　　　　非敬語

非常好。

とても　　よかった。
to.te.mo.　　yo.ka.tta.

很開心。
<sub>たの</sub>
楽しかったよ。
ta.no.shi.ka.tta.yo.

受到感動。
<sub>かんどう</sub>
感動した。
ka.n.do.u.shi.ta.

負面感想　　　　　非敬語

差強人意。

いまいちだった。
i.ma.i.chi.da.tta.

很差勁。
<sub>さいあく</sub>
最悪だった。
sa.i.a.ku.da.tta.

非常失望。

がっかり　　した。
ga.kka.ri.　　shi.ta.

## 心情低落

基礎用語

| | | |
|---|---|---|
| 心情 | テンション | te.n.sho.n. |
| 下降 | 下(さ)がります | sa.ga.ri.ma.su. |
| 可惜 | 残念(ざんねん) | za.n.ne.n. |
| 失望 | がっくり | ga.kku.ri. |
| 不順利 | うまくいきません | u.ma.ku.i.ki.ma.se.n. |

心情低落

我心情正低落。
落(お)ち込(こ)んで　います。
o.chi.ko.n.de.　i.ma.su.

全都不順利啊。
すべてが　うまく　いかないんです。
su.be.te.ga.　u.ma.ku.　i.ka.na.i.n.de.su.

覺得十分可惜。
残念(ざんねん)で　仕方(しかた)が　ありません。
za.n.ne.n.de.　shi.ka.ta.ga.　a.ri.ma.se.n.

非敬語怎麼說 （非敬語）

倍受打擊。

うちのめされた。
u.chi.no.me.sa.re.ta.

是我的錯。

わたしの　せいだ。
wa.ta.shi.no.　se.i.da.

老實說覺得很失望。
しょうじき
正直　がっくり　した。
sho.u.ji.ki.　ga.kku.ri.　shi.ta.

激勵

請加油。
がんば
頑張って　ください。
ga.n.ba.tte.　ku.da.sa.i.

一定沒問題的。（非敬語）
だいじょうぶ
きっと　大丈夫だよ。
ki.tto.　da.i.jo.u.bu.da.yo.

打起精神來。（非敬語）
げんき　　　　だ
元気を　出して。
ge.n.ki.o.　da.shi.te.

# 生氣

基礎用語

| 火大、生氣 | ムカつく | mu.ka.tsu.ku. |
|---|---|---|
| 厭煩 | うんざり | u.n.za.ri. |
| 覺得生氣 | 頭<sub>あたま</sub>にきた | a.ta.ma.ni.ki.ta. |
| 閉嘴 | だまれ | da.ma.re. |
| 過分 | ひどい | hi.do.i. |

挑釁 （非敬語）

你以為你是誰？
何様の つもり？
na.ni.sa.ma.no. tsu.mo.ri.

那又怎樣？
だから なに？
da.ka.ra. na.ni.

你說什麼？
何 言ってんだ？
na.ni. i.tte.n.da.

表示怒氣 （非敬語）

饒了我吧。
勘弁して　　くれよ。
ka.n.be.n.shi.te.　ku.re.yo.

已經無法忍受。
もう　我慢の　限界。
mo.u.　ga.ma.n.no.　ge.n.ka.i.

少管閒事。
余計な　お世話だ。
yo.ke.i.na.　o.se.wa.da.

警告對方 （非敬語）

節制一點！
いい加減に　して。
i.i.ka.ge.ni.　shi.te.

別惹我生氣。
怒らせるな。
o.ko.ra.se.ru.na.

滾一邊去。
どっか　行け！
do.kka.　i.ke.

# 商量傾訴

MP3
032

## 基礎用語

| 意見 | 意見<br>いけん | i.ke.n. |
|------|------|------|
| 商量 | 相談<br>そうだん | so.u.da.n. |
| 溝通 | 話し合います<br>はな あ | ha.na.shi.a.i.ma.su. |
| 建議 | アドバイス | a.do.ba.i.su. |
| 如果是~的話 | ~だったら | da.tta.ra. |

## 尋找傾訴對象

可以耽誤你一點時間嗎？

ちょっと　いいですか？
cho.tto.　i.i.de.su.ka.

我有事想和你商量。
相談したい　ことが　ありますが。
そうだん
so.u.da.n.shi.ta.i.　ko.to.ga.　a.ri.ma.su.ga.

可以和你談一下嗎？ （非敬語）
相談に　乗って　くれる？
そうだん　　の
so.u.da.n.ni.　no.tte.　ku.re.ru.

傾聽對方 非敬語

如果你覺得我可以的話。

わたしで　よければ。
wa.ta.shi.de.　yo.ke.re.ba.

說說看。

<ruby>話<rt>はな</rt></ruby>して　みて。
ha.na.shi.te.　mi.te.

我會幫你的。

<ruby>力<rt>ちから</rt></ruby>に　なるよ。
chi.ka.ra.ni.　na.ru.yo.

給予意見

請告訴我你的意見。

ご<ruby>意見<rt>いけん</rt></ruby>を　<ruby>聞<rt>き</rt></ruby>かせて　ください。
go.i.ke.n.o.　ki.ka.se.te.　ku.da.sa.i.

如果能給你好意見就好了。 非敬語

いいアドバイスが　できたら　いいな。
i.i.a.do.ba.i.su.ga.　de.ki.ta.ra.　i.i.na.

我的話會這麼做。 非敬語

わたしだったら　そう　する。
wa.ta.shi.da.tta.ra.　so.u.　su.ru.

75

# 天氣

## 基礎用語

| 天氣 | てんき<br>天気 | te.n.ki. |
|------|------|------|
| 氣溫 | きおん<br>気温 | ki.o.n. |
| 季節 | きせつ<br>季節 | ki.se.tsu. |
| 雨、雨天 | あめ<br>雨 | a.me. |
| 晴天 | は<br>晴れ | ha.re. |

## 好天氣

天氣真好呢。

すごく　いい　天気ですね。
su.go.ku.　i.i.　te.n.ki.de.su.ne.

希望能放晴。

どうか　晴れます　ように。
do.u.ka.　ha.re.ma.su.　yo.u.ni.

明天好像是陰天。

あした<br>明日は　曇りの　ようです。
a.shi.ta.wa.　ku.mo.ri.no.　yo.u.de.su.

### 壞天氣

今天也下雨啊。

今日も　雨ですね。
kyo.u.mo.　a.me.de.su.ne.

氣溫很低。

気温が　低いです。
ki.o.n.ga.　hi.ku.i.de.su.

這天氣真讓人不舒服啊。

なんか、嫌な　天気です。
na.n.ka.　i.ya.na.　te.n.ki.de.su.

### 四季

這裡的冬天冷嗎？

ここの　冬は　寒いですか？
ko.ko.no.　fu.yu.wa.　sa.mu.i.de.su.ka.

最喜歡秋天。

秋が　一番　好きです。
a.ki.ga.　i.chi.ba.n.　su.ki.de.su.

夏天很多雨。

夏は　雨が　多いです。
na.tsu.wa.　a.me.ga.　o.o.i.de.su.

# 天氣話題

　　在會話中，最容易開啟話端的莫過於天氣話題。通常在打招呼之後，可以用天氣話題來展開對話。下面列出常見以天氣為主題的會話句。可以利用這些句子來增加會話內容或打破無話可說的窘境。

早安，今天天氣真好呢。
おはよう。今日（きょう）はいい天気（てんき）ですね。

今天真不巧是雨天。
今日（きょう）はあいにくの雨（あめ）ですね。

今年也變得很熱呢。
今年（ことし）も暑（あつ）くなりましたね。

這雨可下得真大呢。
すごい雨（あめ）ですね。

氣象預報明明說是晴天的。
天気予報（てんきよほう）では、晴（は）れって言（い）ってたのに。

# 外出篇

# 相約外出

## 基礎用語

| | | |
|---|---|---|
| 對不起 | ごめん | go.me.n. |
| 約定 | 約束<br>やくそく | ya.ku.so.ku. |
| 邀約 | 誘い<br>さそ | sa.so.i. |
| 邀請 | 誘います<br>さそ | sa.so.i.ma.su. |
| 下次再 | また今度<br>こんど | ma.ta.ko.n.do. |

## 邀請

明天有空嗎？
明日、空いて　いますか？
あした　あ
a.shi.ta. a.i.te. i.ma.su.ka.

請來玩。
遊びに　来て　ください。
あそ　き
a.so.bi.ni. ki.te. ku.da.sa.i.

要不要來我家吃飯？
うちに　食事に　来ませんか？
しょくじ　き
u.chi.ni. sho.ku.ji.ni. ki.ma.se.n.ka.

非敬語怎麼說 （非敬語）

一起吃飯吧。

ごはんを 一緒に 食べようよ。
go.ha.n.o. i.ssho.ni. ta.be.yo.u.yo.

週末要不要去看電影？

週末は 映画に 行かない？
shu.u.ma.tsu.wa. e.i.ga.ni. i.ka.na.i.

要不要去喝一杯？

一杯、飲みに 行かない？
i.ppa.i. no.mi.ni. i.ka.na.i.

回覆 （非敬語）

好啊。/ 好主意。

いいね。
i.i.ne.

對不起，我有約了。

ごめん、約束が あって…。
go.me.n. ya.ku.so.ku.ga. a.tte.

下次也要約我喔。

また 今度 誘ってね。
ma.ta. ko.n.do. sa.so.tte.ne.

# 碰面

MP3
035

## 基礎用語

| | | |
|---|---|---|
| 約碰面 | 待<sub>ま</sub>ち合<sub>あ</sub>わせ | ma.chi.a.wa.se. |
| 見面 | 会<sub>あ</sub>います | a.i.ma.su. |
| 怎麼辦呢 | どうしますか | do.u.shi.ma.su.ka. |
| 正在等 | 待<sub>ま</sub>っています | ma.tte.i.ma.su. |
| 在(澀谷站) | (渋谷駅<sub>しぶやえき</sub>)で | (shi.bu.ya.e.ki.)de. |

## 約時間地點

要約在哪裡等呢？
待<sub>ま</sub>ち合<sub>あ</sub>わせは　どうしますか？
ma.chi.a.wa.se.wa.　do.u.shi.ma.su.ka.

要在哪碰面呢？
どこで　会<sub>あ</sub>いましょうか？
do.ko.de.　a.i.ma.sho.u.ka.

什麼時間好呢？
いつが　いいですか？
i.tsu.ga.　i.i.de.su.ka.

約定碰面

3 點在澀谷站好嗎？
さんじ　　しぶやえき
3 時に　渋谷駅で　　いいですか？
sa.n.ji.ni.　shi.bu.ya.e.ki.de.　i.i.de.su.ka.

我在車站等你。
えき　　ま
駅で　待っています。
e.ki.de.　ma.tte.i.ma.su.

在 3 號出口見。
さんばんでぐち　　　あ
3 番 出口で　　会いましょう。
sa.n.ba.n.de.gu.chi.de.　a.i.ma.sho.u.

非敬語怎麼說　　　（非敬語）

在剪票口見。
かいさつ　　あ
改札で　会おう。
ka.i.sa.tsu.de.　a.o.u.

和之前一樣的地方怎麼樣？
まえ　　おな　　ばしょ
前と　同じ場所は　　どう？
ma.e.to.　o.na.ji.ba.sho.wa.　do.u.

不要搞錯時間喔。
じかん　　　まちが
時間を　間違わないでね。
ji.ka.n.o.　ma.chi.ga.wa.na.i.de.ne.

# 遲到

MP3
036

## 基礎用語

| 遲到 | 遅刻 (ちこく) | chi.ko.ku. |
| 久等了 | お待たせ (ま) | o.ma.ta.se. |
| 等很久了 | 待ってました (ま) | ma.tte.ma.shi.ta. |
| 遲到 | 遅れます (おく) | o.ku.re.ma.su. |
| 大約 | くらい | ku.ra.i. |

## 遲到

對不起我遲到了。
遅れて　すみません。(おく)
o.ku.re.te.　su.mi.ma.se.n.

大約會晚 5 分鐘。
5 分　くらい　遅れそうです。(ごふん)(おく)
go.fu.n.　ku.ra.i.　o.ku.re.so.u.de.su.

不要遲到喔。　(非敬語)
遅れないでよ。(おく)
o.ku.re.na.i.de.yo.

久等了

讓你久等了。
お待たせ　しました。
o.ma.ta.se.　shi.ma.shi.ta.

不好意思讓你久等。
待たせて　ごめん。
ma.ta.se.te.　go.me.n.

你先去吧。 非敬語
先に　行ってて。
sa.ki.ni.　i.tte.te.

等待　非敬語

我等好久了。
すごい　待ったよ。
su.go.i.　ma.tta.yo.

沒關係，別急。
いいよ、焦らないで。
i.i.yo.　a.se.ra.na.i.de.

真難得你會遲到。
遅れる　なんて　珍しいね。
o.ku.re.ru.　na.n.te.　me.zu.ra.shi.i.ne.

# 告辭

基礎用語

| 差不多 | そろそろ | so.ro.so.ro. |
|---|---|---|
| 告辭、<br>不好意思 | 失礼します<br><sub>しつれい</sub> | shi.tsu.re.i.<br>shi.ma.su. |
| 告辭 | おいとまします | o.i.to.ma.<br>shi.ma.su. |
| 最後一班電車 | 終電<br><sub>しゅうでん</sub> | shu.u.de.n. |
| 回去 | 帰ります<br><sub>かえ</sub> | ka.e.ri.ma.su. |

差不多該走了

差不多該告辭了。

そろそろ　おいとま　いたします。
so.ro.so.ro.　o.i.to.ma.　i.ta.shi.ma.su.

我差不多該走了。

そろそろ　失礼します。
so.ro.so.ro.　shi.tsu.re.i.shi.ma.su.

已經這麼晚了。

もう　こんな　時間。
mo.u.　ko.n.na.　ji.ka.n.

該走了

該走了。
帰(かえ)らなきゃ。
ka.e.ra.na.kya.

怕會趕不上最後一班電車。
終電(しゅうでん)に 乗(の)り遅(おく)れるので。
shu.u.de.n.ni. no.ri.o.ku.re.ru.no.de.

臨別

今天謝謝你。
今日(きょう)は ありがとう。
kyo.u.wa. a.ri.ga.to.u.

我送你回家。 非敬語
家(いえ)まで 送(おく)るよ。
i.e.ma.de. o.ku.ru.yo.

回家路上小心喔。 非敬語
帰(かえ)り道(みち)に 気(き)を つけてね。
ka.e.ri.mi.chi.ni. ki.o. tsu.ke.te.ne.

下次再來玩。 非敬語
また 遊(あそ)びに 来(き)てね。
ma.ta. a.so.bi.ni. ki.te.ne.

# 聚餐

## 基礎用語

| | | |
|---|---|---|
| 咖啡廳 | カフェ | ka.fe. |
| 餐廳 | レストラン | re.su.to.ra.n. |
| 店 | 店<br>みせ | mi.se. |
| 用餐 | 食事<br>しょくじ | sho.ku.ji. |
| 茶 | お茶<br>ちゃ | o.cha. |

## 邀約

下次要不要一起去吃飯？
今度 食事に 行きませんか？
こんど しょくじ い
ko.n.do. sho.ku.ji.ni. i.ki.ma.se.n.ka.

要不要一起去喝杯茶？
一緒に お茶でも どうですか？
いっしょ ちゃ
i.ssho.ni. o.cha.de.mo. do.u.de.su.ka.

要不要去那家咖啡廳看看？
あのカフェへ 行って みませんか？
い
a.no.ka.fe.e. i.tte. mi.ma.se.n.ka.

大家一起吃個飯吧。 非敬語

皆<ruby>皆<rt>みな</rt></ruby>で <ruby>食事<rt>しょくじ</rt></ruby> しよう。
mi.na.de. sho.ku.ji. shi.yo.u.

選餐廳

想去新的餐廳。

<ruby>新<rt>あたら</rt></ruby>しい レストランへ <ruby>行<rt>い</rt></ruby>きたいです。
a.ta.ra.shi.i. re.su.to.ra.n.a.e. i.ki.ta.i.de.su.

這家店怎麼樣？

この <ruby>店<rt>みせ</rt></ruby>は どうですか？
ko.no. mi.se.wa. do.u.de.su.ka.

哪裡好呢？

どこが いいですか？
do.ko.ga. i.i.de.su.ka.

主動加入 非敬語

下次再一起喝吧。

また <ruby>今度<rt>こんど</rt></ruby> <ruby>飲<rt>の</rt></ruby>もうね。
ma.ta. ko.n.do. no.mo.u.ne.

也讓我加入嘛。

わたしも <ruby>仲間<rt>なかま</rt></ruby>に <ruby>入<rt>い</rt></ruby>れてよ。
wa.ta.shi.mo. na.ka.ma.ni. i.re.te.yo.

# 美食

## 基礎用語

| 看起來很好吃 | おいしそう | o.i.shi.so.u. |
| 好吃 | おいしい | o.i.shi.i. |
| 難吃 | まずい | ma.zu.i. |
| 辣 | 辛<sup>から</sup>い | ka.ra.i. |
| 甜 | 甘<sup>あま</sup>い | a.ma.i. |
| 苦 | 苦<sup>にが</sup>い | ni.ga.i. |
| 鹹 | しょっぱい | sho.ppa.i. |
| 酸 | すっぱい | su.ppa.i. |
| 涼 | 冷<sup>つめ</sup>たい | tsu.me.ta.i. |
| 熱、燙 | 熱<sup>あつ</sup>い | a.tsu.i. |

想吃什麼

想吃什麼呢？
<ruby>何<rt>なに</rt></ruby>が <ruby>食<rt>た</rt></ruby>べたいですか？
na.ni.ga. ta.be.ta.i.de.su.ka.

想去哪裡吃晚餐？
どこで <ruby>夕食<rt>ゆうしょく</rt></ruby>を <ruby>食<rt>た</rt></ruby>べたいですか？
do.ko.de. yu.u.sho.ku.o. ta.be.ta.i.de.su.ka.

什麼都吃。
<ruby>何<rt>なん</rt></ruby>でも <ruby>食<rt>た</rt></ruby>べます。
na.n.de.mo. ta.be.ma.su.

非敬語怎麼說 （非敬語）

啊，肚子好餓。

あぁ、おなか すいた。
a.a. o.na.ka. su.i.ta.

肉和魚要吃哪個？
<ruby>肉<rt>にく</rt></ruby>と<ruby>魚<rt>さかな</rt></ruby> どっちに する？
ni.ku.to.sa.ka.na. do.cchi.ni. su.ru.

好想再多吃一點。
もっと <ruby>食<rt>た</rt></ruby>べたいな。
mo.tto. ta.be.ta.i.na.

# 購物

## 基礎用語

| 購物 | 買い物 (か もの) | ka.i.mo.no. |
|------|------|------|
| 貴、高 | 高い (たか) | ta.ka.i. |
| 便宜 | 安い (やす) | ya.su.i. |
| 找 | 探します (さが) | sa.ga.shi.ma.su. |
| 想買 | 買いたい (か) | ka.i.ta.i |

## 在哪買

這個在哪裡販賣呢？

これ、どこで 売っていますか？
ko.re. do.ko.de. u.tte.i.ma.su.ka.

想去百貨公司買東西。

デパートで 買い物 したいです。
de.pa.a.to.de. ka.i.mo.no. shi.ta.i.de.su.

去別的店看看。

違う店も 行って みましょう。(ちが みせ) (い)
chi.ga.u.mi.se.mo. i.tte. mi.ma.sho.u.

### 挑商品

在找包包。

かばんを　探しています。
ka.ba.n.o.　sa.ga.shi.te.i.ma.su.

哪個都很可愛呢。　非敬語

どれも　かわいいよね。
do.re.mo.　ka.wa.i.i.yo.ne.

很適合喔。　非敬語

似合ってるよ。
ni.a.tte.ru.yo.

### 決定

我要這個。

これに　します。
ko.re.ni.　shi.ma.su.

要是再便宜點就好了。

もう　ちょっと　安かったらなぁ。
mo.u.　cho.tto.　sa.su.ka.tta.ra.na.a.

太貴了買不起。

高くて　買えません。
ta.ka.ku.te.　ka.e.ma.se.n.

# 結帳

MP3
041

## 基礎用語

| 結帳 | <ruby>会計<rt>かいけい</rt></ruby> | ka.i.ke.i. |
|------|------|------|
| 結帳 | <ruby>勘定<rt>かんじょう</rt></ruby> | ka.n.jo.u. |
| 集點卡 | ポイントカード | po.i.n.to.ka.a.do. |
| 收據 | <ruby>領収書<rt>りょうしゅうしょ</rt></ruby> | ryo.u.shu.u.sho. |
| 退稅手續 | <ruby>免税手続き<rt>めんぜいてつづ</rt></ruby> | me.n.ze.i.te.tsu.zu.ki. |

## 結帳

全部多少錢？
<ruby>全部<rt>ぜんぶ</rt></ruby>で　いくらですか？
ze.n.bu.de.　i.ku.ra.de.su.ka.

我要結帳。
<ruby>お会計<rt>かいけい</rt></ruby>　<ruby>お願<rt>ねが</rt></ruby>いします。
o.ka.i.ke.i.　o.ne.ga.i.shi.ma.su.

我要結帳。
<ruby>勘定<rt>かんじょう</rt></ruby>を　<ruby>お願<rt>ねが</rt></ruby>いします。
ka.n.jo.u.o.　o.ne.ga.i.shi.ma.su.

### 特殊要求

沒有集點卡。

ポイントカードは 持っていません。
po.i.n.to.ka.a.do.wa. mo.tte.i.ma.se.n.

請給我收據。
領収書 ください。
ryo.u.shu.u.sho. ku.da.sa.i.

我想辦理退稅。
免税手続きを お願いします。
me.n.ze.i.te.tsu.zu.ki.o. o.ne.ga.i.shi.ma.su.

### 退換貨

我想退貨。
返品 したいのですが。
he.n.pi.n. shi.ta.i.no.de.su.ga.

我想要換。
交換 したいのですが。
ko.u.ka.n. shi.ta.i.no.de.su.ga.

我買錯了。
間違って 購入して しまった。
ma.chi.ga.tte. ko.u.nyu.u.shi.te. shi.ma.tta.

## 演唱會

基礎用語

| 演唱會、音樂會 | コンサート | ko.n.sa.a.to. |
|---|---|---|
| 見面會 | ファンミーティング | fa.n.mi.i.ti.n.gu. |
| 演出 | こうえん<br>公演 | ko.u.e.n. |
| 入場 | かいじょう<br>開場 | ka.i.jo.u. |
| 開演 | かいえん<br>開演 | ka.i.e.n. |

活動時間

**公演是幾點開始？**
こうえん　　　なんじ
公演は　何時からですか？
ko.u.e.n.wa.　na.n.ji.ka.ra.de.su.ka.

**幾點開始入場？**
なんじ　　　　かいじょう
何時に　開場ですか？
na.n.ji.ni.　ka.i.jo.u.de.su.ka.

**演唱會的票帶了嗎？** 非敬語

コンサートの　　チケット　　持った？
ko.n.sa.a.to.no.　chi.ke.tto.　mo.tta.

期待 　非敬語

就是明天了。

いよいよ　明日(あした)だね。
i.yo.i.yo.　a.shi.ta.da.ne.

真是期待呢。

楽(たの)しみだね。
ta.no.shi.mi.da.ne.

開始覺得興奮期待。

ワクワク　して　きた。
wa.ku.wa.ku.　shi.te.　ki.ta.

活動感想 　非敬語

今天氣氛真火熱。

今日(きょう)は　盛(も)り上(あ)がったね。
kyo.u.wa.　mo.ri.a.ga.tta.ne.

感動得想哭。

感動(かんどう)して　泣(な)けて　きた。
ka.n.do.u.shi.te.　na.ke.te.　ki.ta.

真是帥呢。

かっこよかったね。
ka.kko.yo.ka.tta.ne.

# 戶外活動

## 基礎用語

| 登山 | 山登り<br>やまのぼ | ya.ma.no.bo.ri. |
|------|------|------|
| 釣魚 | 釣り<br>つ | tsu.ri. |
| 健行 | ハイキング | ha.i.ki.n.gu. |
| 戶外、<br>戶外活動 | アウトドア | a.u.to.do.a. |
| 技巧 | コツ | ko.tsu. |

## 戶外活動

你常去登山嗎？
山登りは　　　よく　　行きますか？
やまのぼ
ya.ma.no.bo.ri.wa.　yo.ku.　i.ki.ma.su.ka.

愛上了釣魚。
釣りに　　はまりました。
つ
tsu.ri.ni.　ha.ma.ri.ma.shi.ta.

我愛戶外活動。
わたしは　　アウトドア派です。
は
wa.ta.shi.wa.　a.u.to.do.a.ha.de.su.

邀請請教 非敬語

帶我去健行啦。

ハイキングに　連れて　行ってよ。
ha.i.ki.n.gu.ni.　tsu.re.te.　i.tte.yo.

教我釣魚的訣竅。

釣りの　コツを　教えて。
tsu.ri.no.　ko.tsu.o.　o.shi.e.te.

再去登高一點的山吧。

もっと　高い山を　登ろう。
mo.tto.　ta.ka.i.ya.ma.o.　no.bo.ro.u.

提議感想

再散步一下吧。

もうちょっと　散歩しましょう。
mo.u.cho.tto.　sa.n.po.shi.ma.sho.u.

在這裡稍微休息一下吧？ 非敬語

ここで　少し　休憩しようか？
ko.ko.de.　su.ko.shi.　kyu.u.ke.i.shi.yo.u.ka.

藉由大自然讓心情煥然一新。 非敬語

大自然で　リフレッシュした。
da.i.shi.ze.n.de.　ri.fu.re.sshu.shi.ta.

# 室內運動

MP3 044

## 基礎用語

| 桌球 | 卓球 (たっきゅう) | ta.kkyu.u. |
|------|------|------|
| 瑜珈 | ヨガ | yo.ga. |
| 健身房 | ジム | ji.mu. |
| 羽毛球 | バドミントン | ba.do.mi.n.to.n. |
| 游泳 | 水泳 (すいえい) | su.i.e.i. |

## 開始學習

開始學瑜珈。

ヨガを 習い始めました。(なら はじ)
yo.ga.o. na.ra.i.ha.ji.me.ma.shi.ta.

打算去上健身房。

ジムに 通う 予定です。(かよ / よてい)
ji.mu.ni. ka.yo.u. yo.te.i.de.su.

正在學羽毛球。

バドミントンを 習っています。(なら)
ba.do.mi.n.to.n.o. na.ra.tte.i.ma.su.

喜歡的活動　非敬語

看的話什麼都喜歡。
見<ruby>み</ruby>るなら　何<ruby>なん</ruby>でも　好<ruby>す</ruby>き。
mi.ru.na.ra.　na.n.de.mo.　su.ki.

看的話 ( 喜歡 ) 看相撲。
見<ruby>み</ruby>るのは　相撲<ruby>すもう</ruby>。
mi.ru.no.wa.　su.mo.u.

自己從事的話是打排球。

するのは　バレーボールだ。
su.ru.no.wa.　ba.re.e.bo.ru.da.

運動話題

擅長游泳。
水泳<ruby>すいえい</ruby>が　得意<ruby>とくい</ruby>です。
su.i.e.i.ga.　to.ku.i.de.su.

都在哪裡練習呢？

いつも　どこで　練習<ruby>れんしゅう</ruby>しますか？
i.tsu.mo.　do.ko.de.　re.n.shu.u.shi.ma.su.ka.

不太容易取得場地。

なかなか　場所<ruby>ばしょ</ruby>が　取<ruby>と</ruby>れないです。
na.ka.na.ka.　ba.sho.ga.　to.re.na.i.de.su.

## 戶外運動

MP3 045

### 基礎用語

| 運動 | スポーツ | su.po.o.tsu. |
|------|---------|--------------|
| 滑雪 | スキー | su.ki.i. |
| 馬拉松 | マラソン | ma.ra.so.n. |
| 高爾夫 | ゴルフ | go.ru.fu. |
| 沖浪 | サーフィン | sa.a.fi.n. |

### 問喜歡的運動

對攀岩有興趣嗎？

ボルダリングに 興味は ありますか？
bo.ru.da.ri.n.gu.ni. kyo.u.mi.wa. a.ri.ma.su.ka.

你喜歡什麼運動？

好きな スポーツは 何ですか？
su.ki.na. su.po.o.tsu.wa. na.n.de.su.ka.

有滑雪的經驗嗎？

スキーを したことが ありますか？
su.ki.i.o. shi.ta.k.to.ga. a.ri.ma.su.ka.

運動經驗

在東京挑戰了全馬。 非敬語

東京で　フルマラソンに　挑戦した。
to.u.kyo.u.de.　fu.ru.ma.ra.so.n.ni.　cho.u.se.n.
shi.ta.

以前曾打過高爾夫。

ゴルフを　していました。
go.fu.ru.o.　shi.te.i.ma.shi.ta.

一直在打籃球。

ずっと　バスケを　やっています。
zu.tto.　ba.su.ke.o.　ya.tte.i.ma.su.

看比賽

透過電視看棒球比賽。

テレビで　野球の試合を　見ます。
te.re.bi.de.　ya.kyu.u.no.shi.a.i.o.　mi.ma.su.

(偶爾) 去看比賽。

(たまに)　試合を　見に　行きます。
(ta.ma.ni.)　shi.a.i.o.　mi.ni.　i.ki.ma.su.

是足球迷。

サッカーファンです。
sa.kka.a.fa.n.de.su.

# 電影

## 基礎用語

| 類別、類型 | ジャンル | ja.n.ru. |
|---|---|---|
| 恐怖片 | ホラー | ho.ra.a. |
| 喜劇 | コメディ | ko.me.di. |
| 動作片 | アクション | a.ku.sho.n. |
| 戀愛 | 恋愛 れんあい | re.n.a.i. |

## 電影相關問題

看過的電影裡最喜歡哪一部？
見た映画で 何が 一番好きですか？
み えいが なに いちばんす
mi.ta.e.i.ga.de. na.ni.ga. i.chi.ba.n.su.ki.de.su.ka.

喜歡什麼類型(種類)的？

どんな ジャンルが 好きですか？
す
do.n.na. ja.n.ru.ga. su.ki.de.su.ka.

告訴我正在上映的電影。 非敬語
公開中の 映画を 教えて。
こうかいちゅう えいが おし
ko.u.ka.i.chu.u.no. e.i.ga.o. o.shi.e.te.

### 電影喜好

不喜歡恐怖片。
ホラー映画が　苦手です。
ho.ra.a.e.i.ga.ga.　ni.ga.te.de.su.

主要看愛情喜劇。
ラブコメを　中心に　見ています。
ra.bu.ko.me.o.　chu.u.shi.n.ni.　mi.te.i.ma.su.

有字幕嗎？
字幕は　ありますか？
ji.ma.ku.wa.　a.ri.ma.su.ka.

### 電影院

買爆米花吧。　非敬語
ポップコーンを　買おう。
po.ppu.ko.o.n.o.　ka.o.u.

想去演員的劇場見面會。　非敬語
舞台挨拶に　行って　みたいな。
bu.ta.i.a.i.sa.tsu.ni.　i.tte.　mi.ta.i.na.

尚未在台灣上映。
台湾では　まだ　公開されていません。
ta.i.wa.n.de.wa.　ma.da.　ko.u.ka.i.sa.re.te.i.ma.se.n.

105

# 預約

MP3
047

## 基礎用語

| 預約 | <ruby>予約<rt>よやく</rt></ruby> | yo.ya.ku. |
|---|---|---|
| 更改 | <ruby>変更<rt>へんこう</rt></ruby> | he.n.ko.u. |
| 取消 | キャンセル | kya.n.se.ru. |
| 人數 | <ruby>人数<rt>にんずう</rt></ruby> | ni.n.zu.u. |
| 日期 | <ruby>日付<rt>ひづけ</rt></ruby> | hi.zu.ke. |

## 需不需要預約

最好要預約。
<ruby>予約<rt>よやく</rt></ruby>した　ほうが　いいです。
yo.ya.ku.shi.ta.　ho.u.ga.　i.i.de.su.

不預約也沒關係。
<ruby>予約<rt>よやく</rt></ruby>しなくても　<ruby>大丈夫<rt>だいじょうぶ</rt></ruby>です。
yo.ya.ku.shi.na.ku.te.mo.　da.i.jo.u.bu.de.su.

沒預約嗎？
<ruby>予約<rt>よやく</rt></ruby>して　いませんか？
yo.ya.ku.shi.te.　i.ma.se.n.ka.

## 預約

我想訂今晚 4 個人的位子。
今夜 4名で 予約したいのですが。
ko.n.ya. yo.n.me.i.de. yo.ya.ku.shi.ta.i.no.
de.su.ga.

我想訂 12 日。
12日で お願いします。
ju.u.ni.ni.chi.de. o.ne.ga.i.shi.ma.su.

我訂錯了。
予約間違えちゃいました。
yo.ya.ku.ma.chi.ga.e.cha.i.ma.shi.ta.

## 變更預約

可以更改嗎？
変更 できますか？
he.n.ko.u. de.ki.ma.su.ka.

我想取消。

キャンセル したいのですが。
kya.n.se.ru. shi.ta.i.no.de.su.ga

好像沒預約成功。
予約は 受け付けていない ようです。
yo.ya.ku.wa. u.ke.tsu.ke.te.i.na.i. yo.u.de.su.

## 温泉

MP3
048

### 基礎用語

| 温泉 | おんせん<br>温泉 | o.n.se.n. |
|------|------|------|
| 公共浴場 | せんとう<br>銭湯 | se.n.to.u. |
| 戶外溫泉 | ろてんぶろ<br>露天風呂 | ro.te.n.bu.ro. |
| 溫泉旅館 | おんせんりょかん<br>温泉旅館 | o.n.se.n.ryo.ka.n. |
| 熱水、泡澡水 | ゆ<br>お湯 | o.yu. |

### 温泉話題

請告訴我泡溫泉的規則。 非敬語

おんせん　　　　　　　　　　おし
温泉の　ルールを　教えて。
o.n.se.n.no. ru.u.ru.o.　　o.shi.e.te.

1年去1次溫泉旅行。

ねん　　いちど　　いんせんりょこう
年に1度　温泉旅行　します。
ne.n.ni.i.chi.do. o.n.se.n.ryo.ko.u.　　shi.ma.su.

戶外溫泉很受歡迎。

ろてんぶろ　　　　にんき
露天風呂が　人気です。
ro.te.n.bu.ro.ga.　ni.n.ki.de.su.

### 溫泉泡法

**1 天泡好幾次溫泉。**
1 日に 何回も 入ります。
<ruby>一<rt>いち</rt></ruby><ruby>日<rt>にち</rt></ruby>に <ruby>何回<rt>なんかい</rt></ruby>も <ruby>入<rt>はい</rt></ruby>ります。
i.chi.ni.chi.ni. na.n.ka.i.mo. ha.i.ri.ma.su.

**悠閒地泡溫泉。**
ゆっくり お<ruby>湯<rt>ゆ</rt></ruby>に <ruby>浸<rt>つ</rt></ruby>かります。
yu.kku.ri. o.yu.ni. tsu.ka.ri.ma.su.

**喜歡熱一點的溫泉。**
<ruby>熱<rt>あつ</rt></ruby>めの <ruby>温泉<rt>おんせん</rt></ruby>が <ruby>好<rt>す</rt></ruby>きです。
a.tsu.me.no. o.n.se.n.ga. su.ki.de.su.

### 泡完溫泉

**溫泉怎麼樣?**
<ruby>温泉<rt>おんせん</rt></ruby>は いかがでしたか?
o.n.se.n.wa. i.ka.ga.de.shi.ta.ka.

**身體裡都暖了。**
<ruby>体<rt>からだ</rt></ruby>の<ruby>芯<rt>しん</rt></ruby> まで <ruby>温<rt>あたた</rt></ruby>まりました。
ka.ra.da.no.shi.n. ma.de. a.ta.ta.ma.ri.ma.shi.ta.

**水溫剛好。** (非敬語)
いい <ruby>湯加減<rt>ゆかげん</rt></ruby>だった。
i.i. yu.ka.ge.n.da.tta.

# KTV

基礎用語

| KTV | カラオケ | ka.ra.o.ke. |
| --- | --- | --- |
| 唱歌 | <ruby>歌<rt>うた</rt></ruby>います | u.ta.i.ma.su. |
| 歌曲 | <ruby>曲<rt>きょく</rt></ruby> | kyo.ku. |
| 歌詞 | <ruby>歌詞<rt>か し</rt></ruby> | ka.shi. |
| 麥克風 | マイク | ma.i.ku. |

KTV 經驗

沒 ( 在日本 ) 去過 KTV。
( <ruby>日本<rt>にほん</rt></ruby>で ) カラオケに <ruby>行<rt>い</rt></ruby>ったことが
ありません。
(ni.ho.n.de.) ka.ra.o.ke.ni. i.tta.ko.to.ga.
a.ri.ma.se.n.

都唱些什麼呢？
いつも <ruby>何<rt>なに</rt></ruby>を <ruby>歌<rt>うた</rt></ruby>いますか？
i.tsu.mo. na.ni.o. u.ta.i.ma.su.ka.

### 點歌

我知道這首歌。
この 曲 知ってます。
ko.no.kyo.ku. shi.tte.ma.su.

我幫你點歌吧。
曲を 入れましょうか？
kyo.ku.o. i.re.ma.sho.u.ka.

有英文歌嗎？ 非敬語
英語の 曲は あるかな？
e.i.go.no. kyo.ku.wa. a.ru.ka.na.

非敬語

### 歌唱實力

因為我是音痴，所以不想唱。
音痴だから、歌いたくない。
o.n.chi.da.ka.ra. u.ta.i.ta.ku.na.i.

聲音很好聽呢。
いい声だね。
i.i.ko.e.da.ne.

聲音出不來。
声が 出ないよ。
ko.e.ga. de.na.i.yo.

111

# 兜風

MP3 050

## 基礎用語

| 兜風 | ドライブ | do.ra.i.bu. |
|------|---------|-------------|
| 出發 | しゅっぱつ<br>出発 | shu.ppa.tsu. |
| 靠左通行 | ひだりがわつうこう<br>左側通行 | hi.da.ri.ga.wa.tsu.u.ko.u. |
| 右轉 | うせつ<br>右折 | u.se.tsu. |
| 左轉 | させつ<br>左折 | sa.se.tsu. |

## 去兜風

**要不要去兜風？**

ドライブへ　行きませんか？
do.ra.i.bu.e.　i.ki.ma.se.n.ka.

**想去海邊。**

海に　行きたいです。
u.mi.ni.　i.ki.ta.i.de.su.

**要上高速公路嗎？**

高速道路を　　使いますか？
ko.u.so.ku.do.u.ro.o.　tsu.ka.i.ma.su.ka.

途中停車

停車場都滿了。
駐車場は　満車ですね。
ちゅうしゃじょう　まんしゃ
chu.u.sha.jo.u.wa.　ma.n.sha.de.su.ne.

去趟超商吧。
コンビニに　寄りましょう。
よ
ko.n.bi.ni.ni.　yo.ri.ma.sho.u.

正塞車呢。
渋滞して　いますね。
じゅうたい
ju.u.ta.i.shi.te.　i.ma.su.ne.

車內對話　（非敬語）

要不要換我開？
運転、代わろうか？
うんてん　か
u.n.te.n.　ka.wa.ro.u.ka.

差不多該加油了。
そろそろ　給油しないと。
きゅうゆ
so.ro.so.ro.　kyu.u.yu.shi.na.i.to.

讓你1個人開車，真不好意思。
1人で　運転させて　ごめんね。
ひとり　うんてん
hi.to.ri.de.　u.n.te.n.sa.se.te.　go.me.n.ne.

# 泡溫泉的禮儀

　　泡溫泉是日本文化特色之一，台灣雖然也有溫泉文化，但和日本仍有所不同。以下列出在日本泡溫泉必需注意的各項禮儀。

- 進入溫泉浴池之前，要先洗淨身體。
- 就算覺得水溫高，也不可以隨便往浴池加冷水。
- 不可以把毛巾泡入浴池裡。( 但可以把毛巾放在頭上以防過熱造成頭暈目眩等症狀 )
- 留長髮者，要將頭髮綁起，以防浸入浴池。
- 不可以穿泳衣進入浴池。
- 泡完溫泉後，要先把身體擦乾才可以進入放衣服的房間 ( 脫衣所 )。
- 部分大眾浴池禁止有大片刺青者進入。
- 飯後、酒後避免立刻去泡溫泉。
- 泡完溫泉後要補充水分和充分休息。

聯絡篇

## 保持聯絡

基礎用語

| 再見、再聯絡 | また | ma.ta. |
| --- | --- | --- |
| 聯絡 | 連絡<ruby>れんらく</ruby>します | re.n.ra.ku. shi.ma.su. |
| 隨時 | いつでも | i.tsu.de.mo. |
| 輕鬆地、隨意地 | 気軽<ruby>きがる</ruby>に | ki.ga.ru.ni. |
| 簡訊、電子郵件 | メール | me.e.ru. |

主動聯絡

那麼，我會再和你聯絡的。

じゃ、また 連絡しますね。
ja. ma.ta. re.n.ra.ku.shi.ma.su.ne.

那麼，我再和您聯絡。

それでは また、ご連絡します。
so.re.de.wa. ma.ta. go.re.n.ra.ku.shi.ma.su.

稍後會再聯絡。

折り返し 連絡します。
o.ri.ka.e.shi. re.n.ra.ku.shi.ma.su.

請對方保持聯絡

隨時都可和我聯絡。

いつでも 連絡して ください。
i.tsu.de.mo. re.n.ra.ku.shi.te. ku.da.sa.i.

隨時都可以隨意和我聯絡喔。 非敬語

いつでも 気軽に 連絡してね。
i.tsu.de.mo. ki.ga.ru.ni. re.n.ra.ku.shi.te.ne.

我等你的聯絡。

連絡を 待ってます。
re.n.ra.ku.o. ma.tte.ma.su.

一定要保持聯絡喔。 非敬語

必ず 連絡を 取り合おうね。
ka.na.ra.zu. re.n.ra.ku.o. to.ri.a.o.u.ne.

簡訊聯絡 非敬語

偶爾給我寄個郵件喔。

ときどき メールを ちょうだいね。
to.ki.do.ki. me.e.ru.o. cho.u.da.i.ne.

別忘了傳郵件 / 簡訊喔。

メールを 忘れないでね。
me.e.ru.o. wa.su.re.na.i.de.ne.

# 智慧型手機

MP3
052

基礎用語

| 智慧型手機 | スマートフォン | su.ma.a.to.fo.n. |
| --- | --- | --- |
| 平板電腦 | タブレット | ta.bu.re.tto. |
| APP | アプリ | a.pu.ri. |
| 無線分享器 | ルーター | ru.u.ta.a. |
| 租 | レンタル | re.n.ta.ru. |

手機相關

我想買智慧型手機的手機套。

スマホケースを　買いたいんですが。
su.ma.ho.ke.e.su.o.　ka.i.ta.i.n.de.su.ga

常用這個 APP。

このアプリは　よく　使っています。
ko.no.a.pu.ri.wa.　yo.ku.　tsu.ka.tte.i.ma.su.

可以教我用法嗎?

使い方を　教えて　くれませんか?
tsu.ka.i.ka.ta.o.　o.shi.e.te.　ku.re.ma.se.n.ka.

網路

這裡有 Wi-Fi 可以用嗎？

ここは　Wi-Fi が　使えますか？
ko.ko.wa.　wa.i.fa.i.ga.　tsu.ka.e.ma.su.ka.

密碼是什麼？

パスワードは　何ですか？
pa.su.wa.a.do.wa.　na.n.de.su.ka.

連不上網路。

ネットが　つなげません。
ne.tto.ga.　tsu.na.ge.ma.se.n.

租借電話

早知道就租借。 非敬語

レンタル　すれば　よかった。
re.n.ta.ru.　su.re.ba.　yo.ka.tta.

買了預付卡。

プリペイドカードを　買いました。
pu.ri.pe.i.do.ka.a.do.o.　ka.i.ma.shi.ta.

可以免費通話。

無料通話が　できます。
mu.ryo.u.tsu.u.wa.ga.　de.ki.ma.su.

# 簡訊

MP3 053

## 基礎用語

| | | |
|---|---|---|
| 簡訊、電子郵件 | メール | me.e.ru. |
| 純文字簡訊 | ショートメール | sho.o.to.me.e.ru. |
| 電子郵件地址 | メールアドレス | me.e.ru.a.do.re.su. |
| 輸入 | 入力<br>にゅうりょく | nyu.u.ryo.ku. |
| 回覆 | 返事<br>へんじ | he.n.ji. |

## 簡訊

我等一下傳簡訊給你。

あとで メールしますね。
a.to.de. me.e.ru.shi.ma.su.ne.

很高興收到你的簡訊。

メールを もらえて うれしいです。
me.e.ru.o. mo.ra.e.te. u.re.shi.i.de.su.

我再傳一次。

もう 1回 送ります。
いっかい おく
mo.u. i.kka.i. o.ku.ri.ma.su.

### 附件

照片附在簡訊 ( 郵件 ) 裡傳過去。
写真は　　メールで　送ります。
sha.shi.n.wa. me.e.ru.de. o.ku.ri.ma.su.

我用影片傳喔。
動画で　送りますね。
do.u.ga.de. o.ku.ri.ma.su.ne.

### 回覆

我等你的回覆。
返事、待ってます。
he.n.ji. ma.tte.ma.su.

早點回覆喔。 非敬語
早く　返事してね。
ha.ya.ku. he.n.ji.shi.te.ne.

太晚回覆，不好意思。 非敬語
返事が　遅くなって　ごめん。
he.n.ji.ga. o.so.ku.na.tte. go.me.n.

> 　日本的手機簡訊和電子郵件都叫做メール。除
> 了一般以電話號碼為傳送對象的文字簡訊之外，
> 手機也可以設定一組專用的電子郵件信箱，用來
> 收發具圖文的郵件。而電腦用的電子郵件「E メー
> ル」也叫做「メール」。

# 電子郵件

## 基礎用語

| 主旨 | 件名<br>けんめい | ke.n.me.i. |
|------|------|------|
| 接收信件 | 受信<br>じゅしん | ju.shi.n. |
| 傳送 | 送信<br>そうしん | so.u.shi.n. |
| 附加(檔案) | 添付<br>てんぷ | te.n.pu. |
| 刪除 | 削除<br>さくじょ | sa.ku.jo. |

## 收發信

傳了郵件。

メールを 送りました。
me.e.ru.o. o.ku.ri.ma.shi.ta.

不能收信。

メールの 送受信が できません。
me.e.ru.no. so.u.ju.shi.n.ga. de.ki.ma.se.n.

寄錯給別人。

間違った人に 送信して しまいました。
ma.chi.ga.tta.hi.to.ni. so.u.shi.n.shi.te.
shi.ma.i.ma.shi.ta.

轉寄附加檔

把郵件轉寄給她喔。

彼女に　メールを　転送しますね。
ka.no.jo.ni.　me.e.ru.o.　te.n.so.u.shi.ma.su.ne.

在郵件裡附加了檔案。

メールに　ファイルを　添付しました。
me.eru.ni.　fa.i.fu.o.　te.n.pu.shi.ma.shi.ta.

訂閱了電子報。

メールマガジンを　登録しました。
me.e.ru.ma.ga.ji.n.o.　to.u.ro.ku.shi.ma.shi.ta.

郵件問題

出現亂碼。 非敬語

文字化け　してる。
mo.ji.ba.ke.　shi.te.ru.

垃圾郵件太多了。 非敬語

迷惑メールが　多すぎる。
me.i.wa.ku.me.e.ru.ga.　o.o.su.gi.ru.

超出容量了不能寄出。

容量オーバーで　メールが　送れません。
yo.u.ryo.u.o.o.ba.a.de.　me.e.ru.ga.
o.ku.re.ma.se.n.

123

## 社群網路

### 基礎用語

| 已讀 | 既読<br>きどく | ki.do.ku. |
| --- | --- | --- |
| 未讀 | 未読<br>みどく | mi.do.ku. |
| 文章、<br>網路發言 | 書き込み<br>か こ | ka.ki.ko.mi. |
| 貼圖 | スタンプ | su.ta.n.pu. |
| 用戶名、帳號 | ユーザー名<br>めい | yu.u.za.a.me.i. |

### 好友申請

你玩推特嗎？

ツイッター、やってますか？
tu.i.tta.a.　　ya.tte.ma.su.ka.

可以加你當好友嗎？

友達申請　しても　いいですか？
ともだちしんせい
to.mo.da.chi.shi.n.se.i.　shi.te.mo.　i.i.de.su.ka.

我會 follow 你喔。

フォロー　しますね。
fo.ro.o.　　shi.ma.su.ne.

### 更新

你常更新嗎？
よく　更新しますか？
yo.ku.　ko.u.shi.n.shi.ma.su.ka.

我們上傳照片吧。
写真を　アップ　しましょう。
sha.shi.n.o.　a.ppu.　　shi.ma.sho.u.

把這張照片刪掉。 **非敬語**
この　写真を　削除して。
ko.no.　sha.shi.n.o.　sa.ku.jo.shi.te.

### 回覆 **非敬語**

還沒看啊...。
まだ　未読か…。
ma.da.　mi.do.ku.ka.

明明就已讀了。
既読　なのに…。
ki.do.ku.　na.no.ni.

怎麼不回覆我呢？
何で　返事を　くれないの？
na.n.de.　he.n.ji.o.　ku.re.na.i.no.

125

# 電腦

基礎用語

| 電腦 | パソコン | pa.so.ko.n. |
| --- | --- | --- |
| 搜尋 | 検索<br>けんさく | ke.n.sa.ku. |
| 下載 | ダウンロード | da.u.n.ro.o.do. |
| 觸控 | タップする | ta.ppu.su.ru. |
| 更新 | アップデート | a.ppu.de.e.to. |

使用電腦

打開電腦。

パソコンの 電源を 入れます。
でんげん　　い
pa.so.ko.n.no. de.n.ge.n.o. i.re.ma.su.

關掉電腦。

パソコンの 電源を 切ります。
でんげん　　き
pa.so.ko.n.no. de.n.ge.n.o. ki.ri.ma.su.

用電腦工作。

パソコンで 仕事を します。
しごと
pa.so.ko.n.de. shi.go.to.o. shi.ma.su.

電腦問題 （非敬語）

電腦很慢。

パソコンの　動きが　遅い。
pa.so.ko.n.no.　u.go.ki.ga.　o.so.i.

重開機看看。

再起動させて　みて。
sa.i.ki.do.u.sa.se.te.　mi.te.

想下載影片。

動画を　ダウンロードしたい。
do.u.ga.o.　da.u.n.ro.o.do.shi.ta.i.

儲存資料 （非敬語）

糟了，資料都不見了。

しまった！データが　消えちゃった。
shi.ma.tta.　de.e.ta.ga.　ki.e.cha.tta.

保存了檔案。

ファイルを　保存した。
fa.i.ru.o.　ho.zo.n.shi.ta.

上傳到雲端。

クラウドに　アップした。
ku.ra.u.do.ni.　a.ppu.shi.ta.

# 電話溝通

## 基礎用語

| 電話 | 電話<br>でんわ | de.n.wa. |
|------|------|------|
| 手機 | 携帯<br>けいたい | ke.i.ta.i. |
| 打電話 | かけます | ka.ke.ma.su. |
| 語音信箱 | 留守電<br>るすでん | ru.su.de.n. |
| 充電 | 充電<br>じゅうでん | ju.u.de.n. |

## 打電話

請打電話給我。
電話を　ください。
でんわ
de.n.wa.o.　ku.da.sa.i.

號碼沒搞錯嗎？／是不是打錯號碼了？
番号、　間違っていませんか？
ばんごう　まちが
ba.n.go.u.　ma.chi.ga.tte.i.ma.se.n.ka.

要怎麼打國際電話？
国際電話は　どうやって　かけるん
こくさいでんわ
ですか？

ko.ku.sa.i.de.n.wa.wa. do.u.ya.tte. ka.ke.ru.n.
de.su.ka.

再度聯絡

什麼時候方便講電話呢？
いつなら　電話できますか？
i.tsu.na.ra.　de.n.wa.de.ki.ma.su.ka.

手機快沒電了。
携帯の　充電が　切れそうです。
ke.i.ta.i.no. ju.u.de.n.ga. ki.re.so.u.de.su.

晚點會再撥電話。
また　のちほど　かけ直します。
ma.ta. no.chi.ho.do. ka.ke.na.o.shi.ma.su.

我在你手機留言了。 非敬語
留守電に　入れたよ。
ru.su.de.n.ni. i.re.ta.yo.

換號碼了 非敬語

手機號碼換了。
携帯番号を　変えた。
ke.i.ta.i.ba.n.go.u.o. ka.e.ta.

# 郵寄

基礎用語

| 郵票 | きって<br>切手 | ki.tte. |
|------|------|---------|
| 行李、貨品 | にもつ<br>荷物 | ni.mo.tsu. |
| 郵局 | ゆうびんきょく<br>郵便局 | yu.u.bi.n.kyo.ku. |
| 空運 | こうくうびん<br>航空便 | ko.u.ku.u.bi.n. |
| 宅配 | たくはいびん<br>宅配便 | ta.ku.ha.i.bi.n. |

郵寄

我想寄到台灣。

たいわん　　　　　おく
台湾まで　　送りたいのですが。
ta.i.wa.n.ma.de.　o.ku.ri.ta.i.no.de.su.ga.

可以幫我寄這張明信片嗎？

　　　　　　　　　だ
このハガキを　　出して　　くださいま
せんか？
ko.no.ha.ga.ki.o.　da.shi.te.　ku.da.sa.i.ma.
se.n.ka.

我要寄掛號。
書留で　　お願いします。
ka.ki.to.me.de. o.ne.ga.i.shi.ma.su.

郵局郵票

下午得去郵局一趟才行。
午後は　　郵便局に　　　行かなきゃ。
go.go.wa. yu.u.bi.n.kyo.ku.ni. i.ka.na.kya.

這裡賣郵票嗎？
切手を　　売っていますか？
ki.tte.o. u.tte.i.ma.su.ka.

寄送方式

我想要早點寄達的方式。
早く　　着くように　　お願いします。
ha.ya.ku. tsu.ku.yo.u.ni. o.ne.ga.i.shi.ma.su.

請用宅急便寄出。
宅急便で　　　送って　　ください。
ta.kkyu.u.bi.n.de. o.ku.tte. ku.da.sa.i.

可以貨到付款嗎？
着払いで　　　送れますか？
cha.ku.ba.ra.i.de. o.ku.re.ma.su.ka.

# 賀卡

## 基礎用語

| 卡片 | カード | ka.a.do. |
| --- | --- | --- |
| 賀年卡 | 年賀状<br>ねんがじょう | ne.n.ga.jo.u. |
| 冬季問候 | 寒中見舞い<br>かんちゅうみま | ka.n.chu.u.mi.ma.i. |
| 夏季問候 | 暑中見舞い<br>しょちゅうみま | sho.chu.u.mi.ma.i. |
| 訊息 | メッセージ | me.sse.e.ji. |

## 祝賀

生日快樂。

誕生日 おめでとう。
たんじょうび
ta.n.jo.u.bi. o.me.de.to.u.

新年快樂。

あけまして おめでとう。
a.ke.ma.shi.te. o.me.de.to.u.

恭喜畢業。

卒業 おめでとう ございます。
そつぎょう
so.tsu.gyo.u. o.me.de.to.u. go.za.i.ma.su.

## 願望

希望有美好的一年。

素敵な　１年に　なりますように。
su.te.ki.na.　i.chi.ne.n.ni.　na.ri.ma.su.yo.u.ni.

希望能身體健康。

健康で　ありますように。
ke.n.ko.u.de.　a.ri.ma.su.yo.u.ni.

希望願望能達成。

願いが　叶いますように。
ne.ga.i.ga.　ka.na.i.ma.su.yo.u.ni.

## 表示感謝

致上感謝的心情。

感謝の　気持ちを　送ります。
ka.n.sha.no.　ki.mo.chi.o.　o.ku.ri.ma.su.

總是受您照顧。

いつも　お世話に　なっております。
i.tsu.mo.　o.se.wa.ni.　na.tte.o.ri.ma.su.

衷心感謝。

心より　お礼　申し上げます。
ko.ko.ro.yo.ri.　o.re.i.　mo.u.shi.a.ge.ma.su.

# 電話禮儀

　　日本最常見的電話禮儀，是在電車或巴士等交通工具上，不能用手機通話。在乘坐交通工具時，通常會把電話調至拒接來電的「マナーモード」。如果忘了調到「マナーモード」而恰巧有來電時，會立刻關掉或是下車接聽；在火車上則可以到車廂和車廂間的通道「デッキ」接聽電話。若是和其他人在室內時，則是到室外接聽。

　　在接聽電話時，一般會說「もしもし」，但如果是公司等商務電話時，則是會說「はい」並報上公司或個人名稱。

　　掛電話時，通常是打電話來的一方先掛電話。而在通話結束掛電話時會說：「失礼(しつれい)します」或「失礼いたします」。

意外篇

# 勸告

## 基礎用語

| 警告、注意 | 注意<ruby>します<rt>ちゅうい</rt></ruby> | chu.u.i.shi.ma.su. |
| --- | --- | --- |
| 請安靜 | <ruby>静<rt>しず</rt></ruby>かに | shi.zu.ka.ni. |
| 不要做 | しないで | shi.na.i.de. |
| 注意、客氣 | <ruby>遠慮<rt>えんりょ</rt></ruby> | e.n.ryo. |
| 穿著鞋 | <ruby>土足<rt>どそく</rt></ruby> | do.so.ku. |

## 常見禁止標語

**請勿攝影。**
<ruby>撮影<rt>さつえい</rt></ruby>は　ご<ruby>遠慮<rt>えんりょ</rt></ruby>　ください。
sa.tsu.e.i.wa.　go.e.n.ryo.　ku.da.sa.i.

**請勿觸摸。**
お<ruby>手<rt>て</rt></ruby>を　<ruby>触<rt>ふ</rt></ruby>れないで　ください。
o.te.o.　fu.re.na.i.de.　ku.da.sa.i.

**請勿穿鞋進入。**
<ruby>土足禁止<rt>どそくきんし</rt></ruby>。
do.so.ku.ki.n.shi.

勧告禁止

請安靜。
静かに して ください。
shi.zu.ka.ni. shi.te. ku.da.sa.i.

請勿進入。
入らないで ください。
ha.i.ra.na.i.de. ku.da.sa.i.

請小心行走。
足元に ご注意 ください。
a.shi.mo.to.ni. go.chu.u.i. ku.da.sa.i.

警告 非敬語

有點分寸！
いい加減に して。
i.i.ka.ge.n.ni. shi.te.

反省反省吧。
反省 してよ。
ha.n.se.i. shi.te.yo.

我早說過了吧。(都說了你還不信)
だから 言ったのに。
da.ka.ra. i.tta.no.ni.

## 不滿抱怨

MP3 061

基礎用語

| | | |
|---|---|---|
| 不滿 | ふまん<br>不満 | fu.ma.n. |
| 抱怨 | もんく<br>文句 | mo.n.ku. |
| 抱怨 | ぐち<br>愚痴 | gu.chi. |
| 壞話 | わるくち<br>悪口 | wa.ru.ku.chi. |
| 很糟 | さいあく<br>最悪 | sa.i.a.ku. |

無法忍受　非敬語

真是的！

まったく　もう！
ma.tta.ku.　mo.u

不可理喻！

ありえない！
a.ri.e.na.i.

真是太糟了！

もう　最悪！
mo.u.　sa.i.a.ku.

心煩 （非敬語）

不敢相信。
信<sub>しん</sub>じられない。
shi.n.ji.ra.re.na.i.

開始覺得心煩。

イライラ　して　きた。
i.ra.i.ra.　shi.te.　ki.ta.

覺得傻眼。
呆気<sub>あっけ</sub>に　とられた。
a.kke.ni.　to.ra.re.ta.

已經受夠了。

もう　うんざりだよ。
mo.u.　u.n.za.ri.da.yo.

別抱怨 （非敬語）

不要抱怨。
愚痴<sub>ぐ　ち</sub>は　言<sub>い</sub>わないで。
gu.chi.wa.　i.wa.na.i.de.

不要想得太嚴重。
あまり　深刻<sub>しんこく</sub>に　考<sub>かんが</sub>えないで。
a.ma.ri.　shi.n.ko.ku.ni.　ka.n.ga.e.na.i.de.

# 吵架

## 基礎用語

| 吵架 | けんか | ke.n.ka. |
|------|-------|----------|
| 絕交 | 絶交<br>ぜっこう | ze.kko.u. |
| 背叛 | 裏切り<br>うらぎ | u.ra.gi.ri. |
| 閉嘴 | 黙って<br>だま | da.ma.tte. |
| 消失 | 消えます<br>き | ki.e.ma.su. |

## 拒絕溝通　非敬語

閉嘴快消失。
黙って　消えろ！
da.ma.tte. ki.e.ro.u.

不要和我聯絡。
連絡して　くるな。
re.n.ra.ku.shi.te. ku.ru.na.

不想和你說話。
君と　話す気分　じゃない。
ki.mi.to. ha.na.su.ki.bu.n. ja.na.i.

吵架 非敬語

開什麼玩笑！

ふざけんな！
fu.za.ke.n.na.

再說一次看看！
もう一度　言って　みろ！
mo.u.i.chi.do.　i.tte.　mi.ro.

我要和你絕交！
絶交だ！
ze.kko.u.da.

不想見面 非敬語

不想再見面。
二度と　会いたくない。
ni.do.to.　a.i.ta.ku.na.i.

不想見到 ( 對方 )。
顔も　見たくない。
ka.o.mo.　mi.ta.ku.na.i.

不要管我啦。

もう　ほっといて。
mo.u.　ho.tto.i.te.

# 道歉

## 基礎用語

| | | |
|---|---|---|
| 道歉 | 謝ります | a.ya.ma.ri.ma.su. |
| 對不起 | 悪い | wa.ru.i. |
| 對不起 | すみません | su.mi.ma.se.n. |
| 和好 | 仲直り | na.ka.na.o.ri. |
| 原諒 | 許します | yu.ru.shi.ma.su. |

## 道歉

剛剛對不起。 非敬語

さっきは ごめん。
sa.kki.wa. go.me.n.

對不起。

すみません。
su.mi.ma.se.n.

真的很抱歉。
申し訳 ございません。
mo.u.shi.wa.ke. go.za.i.ma.se.n.

尋求原諒 非敬語

原諒我。
許して。
yu.ru.shi.te.

我想要道歉。
謝りたいと　思ってるんだ。
a.ya.ma.ri.ta.i.to.　o.mo.tte.ru.n.da.

回應道歉 非敬語

為什麼不道歉呢？
何で　謝らないの？
na.n.de.　a.ya.ma.ra.na.i.no.

都過去了。
もう　終わった　ことよ。
mo.u.　o.wa.tta.　ko.to.yo.

好啦，我原諒你。
もう　いいよ。許すよ。
mo.u.　i.i.yo.　yu.ru.su.yo.

絕不原諒。
絶対、許さない。
ze.tta.i.　yu.ru.sa.na.i.

143

# 求助

MP3 064

## 基礎用語

| | | |
|---|---|---|
| 救命、幫幫忙 | 助けて<br>たす | ta.su.ke.te. |
| 來人啊 | 誰か<br>だれ | da.re.ka. |
| 警察 | 警察<br>けいさつ | ke.i.sa.tsu. |
| 小偷 | 泥棒<br>どろぼう | do.ro.bo.u. |
| 抓住、逮捕 | 捕まえます<br>つか | tsu.ka.ma.ma.su. |

## 呼救

來人啊，救命。
誰か、 助けて。
だれ　　たす
da.re.ka. ta.su.ke.te.

有人受傷了！
けが人よ！
にん
ke.ga.ni.n.yo.

請幫我叫救護車。
救急車を 呼んで ください。
きゅうきゅうしゃ　　　よ
kyu.u.kyu.u.sha.o. yo.n.de. ku.da.sa.i.

求助

抓住那個人！
あの人を　捕まえて　ください！
a.no.hi.to.o.　tsu.ka.ma.e.te.　ku.da.sa.i.

請幫幫我。
手を　貸して　ください。
te.o.　ka.shi.te.　ku.da.sa.i.

請到這邊來。
こっちに　来て　ください。
ko.cchi.ni.　ki.te.　ku.da.sa.i.

喊叫

小偷！
泥棒！
do.ro.bo.u.

有扒手！
スリよ！
su.ri.yo.

快點！　非敬語
早く　して！
ha.ya.ku.　shi.te.

# 接受幫助

MP3
065

## 基礎用語

| | | |
|---|---|---|
| 找 | 探します | sa.ga.shi.ma.su. |
| 帶 | 連れます | tsu.re.ma.su. |
| 借出 | 貸します | ka.shi.ma.su. |
| 借入 | 借ります | ka.ri.ma.su. |
| 尋找 | 探します | sa.ga.shi.ma.su. |

## 請人幫忙

請帶我去醫院。
病院に 連れていって ください。
byo.u.i.n.ni. tsu.re.te.i.tte. ku.da.sa.i.

皮夾不見了。
お財布を なくして しまいました。
o.sa.i.fu.o. na.ku.shi.te. shi.ma.i.ma.shi.ta.

可以和我一起找嗎？
一緒に 探して もらえますか？
i.ssho.ni. sa.ga.shi.te. mo.ra.e.ma.su.ka.

請求說明

可以說慢一點嗎？
ゆっくり　話して　いただけますか？
yu.kku.ri.　ha.na.shi.te.　i.ta.da.ke.ma.su.ka.

可以教我嗎？/可以告訴我嗎？
教えて　くれませんか？
o.shi.e.te.　ku.re.ma.se.n.ka.

可以說明給我聽嗎？
説明して　いただけませんか？
se.tsu.me.i.shi.te.　i.ta.da.ke.ma.se.n.ka.

請求

請借我雨傘。
傘を　貸して　ください。
ka.sa.o.　ka.shi.te.　ku.da.sa.i.

可以幫我拿嗎？
取って　もらえませんか？
to.tte.　mo.ra.e.ma.se.n.ka.

可以幫我嗎？
手伝って　くれませんか？
te.tsu.da.tte.　ku.re.ma.se.n.ka.

# 幫忙

MP3 066

## 基礎用語

| 幫忙 | てつだ<br>手伝います | te.tsu.da.i.ma.su. |
|------|------|------|
| 介紹 | あんない<br>案内します | a.n.na.i.shi.ma.su. |
| 幫忙 | て か<br>手を貸します | te.o.ka.shi.ma.su. |
| 困擾、煩惱 | こま<br>お困り | o.ko.ma.ri. |
| 煩惱 | なや<br>悩み | na.ya.mi. |

## 主動關心

有什麼問題嗎？
なに　　　こま
何か　　お困りですか？
na.ni.ka.　o.ko.ma.ri.de.su.ka.

有什麼困擾嗎？／需要幫忙嗎？
なに　　なや
何か　　悩みでも　　ありますか？
na.ni.ka.　na.ya.mi.de.mo.　a.ri.ma.su.ka.

怎麼了嗎？

どう　しましたか？
do.u.　shi.ma.shi.ta.ka.

表示樂意幫忙

有我可以幫上忙的嗎？

わたしが　できることは　ありますか？
wa.ta.shi.ga.　de.ki.ru.ko.to.wa.　a.ri.ma.su.ka.

無論什麼事都請說。

どんな　ことでも　どうぞ。
do.n.na.　ko.to.de.mo.　do.u.zo.

隨時都能問我喔。

いつでも　聞いて　くださいね。
i.tsu.de.mo.　ki.i.te.　ku.da.sa.i.ne.

可以不必顧忌隨意打電話給我。

気軽に　電話して　ください。
ki.ga.ru.ni.　de.n.wa.shi.te.　ku.da.sa.i.

主動協助

我幫你拍照吧？

写真を　撮りましょうか？
sha.shi.n.o.　to.ri.ma.sho.u.ka.

我為你介紹吧？

案内　しましょうか？
a.n.na.i.　shi.ma.sho.u.ka.

149

# 迷路

## 基礎用語

| 地點 | 場所<br>ばしょ | ba.sho. |
|---|---|---|
| 迷路、迷惘 | 迷います<br>まよ | ma.yo.i.ma.su. |
| 回到、回去 | 戻ります<br>もど | mo.do.ri.ma.su. |
| 道路 | 道<br>みち | mi.chi. |
| 方向 | 方向<br>ほうこう | ho.u.ko.u. |

## 這是哪裡

**這裡是哪裡？**

ここは　どこですか？
ko.ko.wa.　do.ko.de.su.ka.

**現在在哪裡？**

今は　どこに　いるんですか？
いま
i.ma.wa.　do.ko.ni.　i.ru.n.de.su.ka.

**好像迷路了。**

道に　迷った　みたいですが。
みち　　まよ
mi.chi.ni.　ma.yo.tta.　mi.ta.i.de.su.ga.

## 問路

車站在哪裡？
駅<sup>えき</sup>は　どこですか？
e.ki.wa. do.ko.de.su.ka.

要怎麼去呢？
どうやって　行<sup>い</sup>きますか？
do.u.ya.tte. i.ki.ma.su.ka.

坐公車去說不定比較好。 非敬語
バスで　行<sup>い</sup>ったほうが　いいかも。
ba.su.de. i.tta.ho.u.ga. i.i.ka.mo.

去派出所問吧？ 非敬語
交番<sup>こうばん</sup>で　聞<sup>き</sup>こうか？
ko.u.ba.n.de. ki.ko.u.ka.

## 認方向 非敬語

這是反方向吧？
こっち　逆方向<sup>ぎゃくほうこう</sup>じゃない？
ko.cchi. gya.ku.ho.u.ko.u.ja.na.i.

我真是路痴呀。
わたし、方向音痴<sup>ほうこうおんち</sup>だね。
wa.ta.shi. ho.u.ko.u.o.n.chi.da.ne.

# 遇到意外

基礎用語

| 火災 | か じ<br>火事 | ka.ji. |
|------|------|--------|
| 交通意外 | こうつうじこ<br>交通事故 | ko.u.tsu.u.ji.ko. |
| 肇事逃逸 | に<br>ひき逃げ | hi.ki.ni.ge. |
| 竊盜 | とうなん<br>盗難 | to.u.na.n. |
| 目擊者 | もくげきしゃ<br>目撃者 | mo.ku.ge.ki.sha. |

詢問

逃生出口在哪？
ひじょうぐち
非常口は　　どこですか？
hi.jo.u.gu.chi.wa.　do.ko.de.su.ka.

哪裡有派出所？
こうばん
交番は　　どこですか？
ko.u.ba.n.wa.　do.ko.de.su.ka.

有會說英語的工作人員嗎？
えいご　　　　　　　　はな
英語を　話せる　スタッフは
いますか？

e.i.go.o. ha.na.se.ru. su.tta.fu.wa. i.ma.su.ka.

### 意外事故

我遇到肇事逃逸。
ひき逃げに 遭いました。
hi.ki.ni.ge.ni. a.i.ma.shi.ta.

有人倒在地上。
人が 倒れています。
hi.to.ga. ta.o.re.te.i.ma.su.

有目擊者嗎？
目撃者は いますか？
mo.ku.ge.ki.sha.wa. i.ma.su.ka.

### 警告

快放開！/ 放開我！ 非敬語
放して！
ha.na.shi.te.

別靠近！ 非敬語
近づかないで！
chi.ka.zu.ka.na.i.de.

危險！/ 小心！
危ない！
a.bu.na.i.

# 遺失物品

MP3
069

## 基礎用語

| 遺失物、掉落物品 | おと もの<br>落し物 | o.to.shi.mo.no. |
|---|---|---|
| 遺失物 | わす もの<br>忘れ物 | wa.su.re.mo.no. |
| 被偷了 | ぬす<br>盗まれました | nu.su.ma.re.ma.shi.ta. |
| 弄丟了 | なくしました | na.ku.shi.ma.shi.ta. |
| 掉了 | お<br>落としました | o.to.shi.ma.shi.ta. |

## 遺失物品

護照不見了。

パスポートを なくして しまいました。
pa.su.po.o.to.o. na.ku.shi.te. shi.ma.i.ma.shi.ta.

( 把錢包 ) 忘在計程車上了。

タクシーに （財布を） 忘れて
しまいました。
ta.ku.shi.i.ni. (sa.i.fu.o.) wa.su.re.te.
shi.ma.i.ma.shi.ta.

鑰匙不見了。 非敬語

鍵を 落として しまった。
ka.gi.o. o.to.shi.te. shi.ma.tta.

**不知在哪**

咦，放到哪裡去了？ 非敬語

あれ？どこに 置いたっけ？
a.re. do.ko.ni. o.i.ta.kke.

最後是什麼時候看到？

最後に 見たのは いつですか？
sa.i.go.ni. mi.ta.no.wa. i.tsu.de.su.ka.

**報案**

我想報失竊。

盗難届を 出したいのですが。
to.u.na.n.to.do.ke.o. da.shi.ta.i.no.de.su.ga.

找得回來嗎？

戻ってくる ことは ありますか？
mo.do.tte.ku.ru. ko.to.wa. a.ri.ma.su.ka.

可以重新發嗎？

再発行は 可能でしょうか？
sa.i.ha.kko.u.wa. ka.no.u.de.sho.u.ka.

# 如何表示歉意

　　表達歉意時，依禮貌的程度，由高至低為：

　　「申し訳ございません」>「申し訳ありません」>「すみませんでした」>「すみません」(すいません)>「ごめんなさい」>「ごめん」。

　　在路上撞到人的時候，通常說「すみません」或「すいません」會較有禮貌，但也可以說「ごめんなさい」。

　　「すみません」、「すいません」除了可以用在道歉，也可以用於表示謝意的時候。通常是在接受對方幫助時，覺得造成了對方的不便，或是浪費了對方的時間，會說「すみません」或「すいません」；除了表示謝意，同時也帶有「不好意思」之意。

戀愛篇

# 邂逅

## 基礎用語

| 邂逅 | 出会い | de.a.i. |
|---|---|---|
| 聯誼 | 合コン | go.u.ko.n. |
| 尋找結婚對象 | 婚活 | ko.n.ka.tsu. |
| 外表 | ルックス | ru.kku.su. |
| 收入 | 収入 | shu.u.nyu.u. |

## 找對象 (非敬語)

我正在找 ( 結婚 ) 對象呢。
婚活中なの。
ko.n.ka.tsu.chu.u.na.no.

不知哪裡有好姻緣。
どこかに いい出会いが ないかな？
do.ko.ka.ni. i.i.de.a.i.ga. na.i.ka.na.

不喜歡聯誼。
合コンは 苦手なんだ。
go.u.ko.n.wa. ni.ga.te.na.n.da.

認識 非敬語

在朋友介紹下認識。
友達の　　紹介で　　知り合った。
to.mo.da.chi.no. sho.u.ka.i.de. shi.ri.a.tta.

在網路聊天認識。
ネットの　掲示板で　出会った。
ne.tto.no. ke.i.ji.ba.n.de. de.a.tta.

不知道能不能 (跟他) 攀談。
声を　かけても　大丈夫かな？
ko.e.o. ka.ke.te.mo. da.i.jo.u.bu.ka.na.

徵友條件 非敬語

比起外表更重視個性。
ルックス　よりは　性格重視だよ。
ru.kku.su. yo.ri.wa. se.i.ka.ku.ju.u.shi.da.yo.

高收入的人比較好。
収入の高い　　人が　いい。
shu.u.nyu.u.no.ta.ka.i. hi.to.ga. i.i.

不在意年紀。
年齢は　気にしない。
re.n.re.i.wa. ki.ni.shi.na.i.

# 有好感

MP3 071

基礎用語

| 一見鍾情 | 一目惚れ<br>ひとめぼ | hi.to.me.bo.re. |
|---|---|---|
| 小鹿亂撞、<br>心情緊張 | ドキドキ | do.ki.do.ki. |
| 被吸引 | 惹かれます<br>ひ | hi.ka.re.ma.su. |
| 單相思 | 片思い<br>かたおも | ka.ta.o.mo.i. |
| 類型 | タイプ | ta.i.pu. |

被外表吸引 非敬語

那人是不是很帥？

あの人　かっこよくない？
ひと

a.no.hi.to.　ka.kko.yo.ku.na.i.

是我喜歡的型。/ 是我的菜。

タイプなの。

ta.i.pu.na.no.

笑容是不是很棒？

笑顔が　素敵じゃない？
えがお　　すてき

e.ga.o.ga.　su.te.ki.ja.na.i.

被吸引 （非敬語）

在一起很開心。
一緒に いると 楽しい。
i.ssho.ni. i.ru.to. ta.no.shi.i.

莫名被吸引。
なんとなく 惹かれた。
na.n.to.na.ku. hi.ka.re.ta.

喜歡對方 （非敬語）

一見鍾情了。
一目惚れ しちゃった。
hi.to.me.bo.re. shi.cha.tta.

想要變得熟。
仲良く なりたい。
na.ka.yo.ku. na.ri.ta.i.

一定是單相思啦。
きっと 片思い なんだよ。
ki.tto. ka.ta.o.mo.i. na.n.da.yo.

我的心意應該沒被發現吧？
気持ち バレて ないかな？
ki.mo.chi. ba.re.te. na.i.ka.na.

# 告白

## 基礎用語

| 告白 | こくはく<br>告白 | ko.ku.ha.ku. |
|------|------|------|
| 約會 | デート | de.e.to. |
| 邀約 | さそ<br>誘います | sa.so.i.ma.su. |
| 交往 | つ　あ<br>付き合います | tsu.ki.a.i.ma.su. |
| 心情 | き　も<br>気持ち | ki.mo.chi. |

## 確認心意　非敬語

該怎麼約他出去呢？
どうやって　誘ったら　いい？
do.u.ya.tte.　sa.so.tta.ra.　i.i.

我想要告白。
こくはく<br>告白しようと　思ってるんだ。
ko.ku.ha.ku.shi.yo.u.to.　o.mo.tte.ru.n.da.

有喜歡的人嗎？
す　　ひと<br>好きな人　いるの？
su.ki.na.hi.to.　i.ru.no.

告白 非敬語

請和我交往。
付き合って ください。
tsu.ki.a.tte.　　ku.da.sa.i.

我喜歡你。
あなたの ことが 好きです。
a.na.ta.no.　ko.to.ga.　su.ki.de.su.

請接受我的心意。( ぼく：男性自稱 )
ぼくの 気持ちを 受け取って。
bo.ku.no.　ki.mo.chi.o.　u.ke.to.tte.

回答 非敬語

如果你肯接受我的話。
こんな わたしで よかったら。
ko.n.na.　wa.ta.shi.de.　yo.ka.tta.ra.

你突然這麼說我不知該怎麼辦。
急に そんなこと 言われても…。
kyu.u.ni.　so.n.na.ko.to.　i.wa.re.te.mo.

讓我考慮一下。
ちょっと 考えさせて。
cho.tto.　ka.n.ga.e.sa.se.te.

MP3
073

基礎用語

| 幸福 | しあわせ 幸せ | shi.a.wa.se. |
|------|------|------|
| 我愛你 | あい 愛してる | a.i.shi.te.ru. |
| 珍惜 | たいせつ 大切 | ta.i.se.tsu. |
| 情侶 | カップル | ka.ppu.ru. |
| 放閃 | のろけばなし 惚気話 | no.ro.ke.ba.na.shi. |

覺得幸福 （非敬語）

在一起就覺得很幸福。
いっしょ しあわせ
一緒に いると 幸せ。
i.ssho.ni. i.ru.to. shi.a.wa.se.

要一直在一起喔。
いっしょ
ずっと 一緒に いようね。
zu.tto. i.ssho.ni. i.yo.u.ne.

有你在身邊就覺得幸福。
しあわせ
そばに いられて 幸せ。
so.ba.ni. i.ra.re.te. shi.a.wa.se.

熱戀 非敬語

我愛你。
<ruby>愛<rt>あい</rt></ruby>してる。
a.i.shi.te.ru.

能遇見你真是太好了。
<ruby>出会<rt>で あ</rt></ruby>えて　よかった。
de.a.e.te.　　yo.ka.tta.

好想馬上見面。
<ruby>今<rt>いま</rt></ruby>すぐ　<ruby>会<rt>あ</rt></ruby>いたいよ。
i.ma.su.gu.　a.i.ta.i.yo.

珍惜彼此 非敬語

會好好珍惜你的。
<ruby>君<rt>きみ</rt></ruby>を　<ruby>大切<rt>たいせつ</rt></ruby>に　　するからね。
ki.mi.o.　ta.i.se.tsu.ni.　su.ru.ka.ra.ne.

會一直保護你的。
ずっと　<ruby>守<rt>まも</rt></ruby>って　　あげるから。
zu.tto.　　ma.mo.tte.　a.ge.ru.ka.ra.

眼中只有你。
あなた　しか　<ruby>見<rt>み</rt></ruby>えない。
a.na.ta.　shi.ka.　mi.e.na.i.

165

MP3
074

## 基礎用語

| 戀人、交往的對象 | こいびと<br>恋人 | ko.i.bi.to. |
| --- | --- | --- |
| 男友 | かれし<br>彼氏 | ka.re.shi. |
| 女友、她 | かのじょ<br>彼女 | ka.no.jo. |
| 遠距 | えんきょり<br>遠距離 | e.n.kyo.ri. |
| 炫耀、驕傲 | じまん<br>自慢 | ji.ma.n. |

有對象 非敬語

想向家人炫耀。
かぞく に じまん
家族に 自慢したい。
ka.zo.ku.ni. ji.ma.n.shi.ta.i.

有交往的對象了。
つ あ ひと
付き合ってる 人が いるの。
tsu.ki.a.tte.ru. hi.to.ga. i.ru.no.

終於交到女友了。
かのじょ
やっと 彼女が できた。
ya.tto. ka.no.jo.ga. de.ki.ta.

介紹另一半　　非敬語

下次介紹我男友給你認識。
今度　彼氏を　紹介するね。
ko.n.do.　ka.re.shi.o.　sho.u.ka.i.su.ru.ne.

這是她的照片。
これが　彼女の　写真。
ko.re.ga.　ka.no.jo.no.　sha.shi.n.

怎麼不見我呢？
何で　会って　くれないの？
na.n.de.　a.tte.　　ku.re.na.i.no.

敘述交往狀況　　非敬語

因為是遠距戀愛，所以覺得不安。
遠距離だから　不安なの。
e.n.kyo.ri.da.ka.ra.　fu.a.n.na.no.

不太能見面，覺得很寂寞。
なかなか　会えなくて　寂しい。
na.ka.na.ka.　a.e.na.ku.te.　sa.bi.shi.i.

每天都會通電話喔。
毎日　電話してるよ。
ma.i.ni.chi.　de.n.wa.shi.te.ru.yo.

167

# 吃醋

基礎用語

| 吃醋 | ヤキモチ | ya.ki.mo.chi. |
|------|---------|---------------|
| 劈腿 | <ruby>浮気<rt>うわき</rt></ruby> | u.wa.ki. |
| 分手 | <ruby>別<rt>わか</rt></ruby>れます | wa.ka.re.ma.su. |
| 確認 | <ruby>確認<rt>かくにん</rt></ruby> | ka.ku.ni.n. |
| 相信 | <ruby>信<rt>しん</rt></ruby>じます | shi.n.ji.ma.su. |

抱怨　非敬語

不確認對方的心意就覺得不安。
<ruby>気持<rt>き も</rt></ruby>ちを　<ruby>確認<rt>かくにん</rt></ruby>しないと　<ruby>不安<rt>ふ あん</rt></ruby>なの。
ki.mo.chi.o.　ka.ku.ni.n.shi.na.i.to.　fu.a.n.na.no.

總是找藉口。
いつも　<ruby>言<rt>い</rt></ruby>い<ruby>訳<rt>わけ</rt></ruby>ばかり　して。
i.tsu.mo.　i.i.wa.ke.ba.ka.ri.　shi.te.

你討厭我了嗎？
<ruby>嫌<rt>きら</rt></ruby>いに　なったの？
ki.ra.i.ni.　na.tta.no.

吃醋　非敬語

你在吃醋嗎？

ヤキモチ　焼いてるの？
ya.ki.mo.chi. ya.i.te.ru.no.

因為 ( 另一半 ) 很受歡迎，所以擔心。

モテるから　心配なの。
mo.te.ru.ka.ra. shi.n.pa.i.na.no.

不要和我外的女性見面。

わたし以外の　女性と　会わないで。
wa.ta.shi.i.ga.i.no. jo.se.i.to. a.wa.na.i.de.

多疑　非敬語

他很愛吃醋。

彼は　ヤキモチ焼きなの。
ka.re.wa. ya.ki.mo.chi.ya.ki.na.no.

你是不是劈腿？

浮気してるんじゃない？
u.wa.ki.shi.te.ru.n.ja.na.i.

你是不是瞞著我什麼？

何か　隠してない？
na.ni.ka. ka.ku.shi.te.na.i.

# 分手

## 基礎用語

| 一成不變 | マンネリ | ma.n.ne.ri. |
|---|---|---|
| 分開 | 離れます | ha.na.re.ma.su. |
| 彼此 | お互い | o.ta.ga.i. |

## 感情問題 (非敬語)

最近覺得一成不變。
最近　マンネリ気味なんだ。
sa.i.ki.n. ma.n.ne.ri.gi.mi.na.n.da.

我們說不定撐不下去了。

わたしたち　もう　ダメかも。
wa.ta.shi.ta.chi. mo.u. da.me.ka.mo.

喜歡上其他人了。

ほかに　好きな人が　できちゃった。
ho.ka.ni. su.ki.na.hi.to.ga. de.ki.cha.tta.

為了彼此好，我們分手吧。
お互いの　ために　別れよう。
o.ta.ga.i.no. ta.me.ni. wa.ka.re.yo.u.

想分手 （非敬語）

彼此的心靈已經遠離了。
もう 気持ちが 離れちゃったんだ。
mo.u. ki.mo.chi.ga. ha.na.re.cha.tta.n.da.

最好不要再見了。
もう 会わないほうが いい。
mo.u. a.wa.na.i.ho.u.ga. i.i.

和他分手了。
彼と 別れた。
ka.re.to. wa.ka.re.ta.

建議

為什麼分手了？ （非敬語）
どうして 別れちゃったの？
do.u.shi.te. wa.ka.re.cha.tta.no.

明明不想分手的。
別れたくない のに。
wa.ka.re.ta.ku.na.i. no.ni.

你再重新考慮一次啦。 （非敬語）
もう一度 考え直してよ。
mo.u.i.chi.do. ka.n.ga.e.na.o.shi.te.yo.

## 和好

MP3
077

基礎用語

| 誤會 | 誤解<br>ごかい | go.ka.i. |
|------|------|----------|
| 誤會 | 勘違い<br>かんちがい | ka.n.chi.ga.i. |
| 不安 | 不安<br>ふあん | fu.a.n. |

和好 （非敬語）

我們和好啦。
仲直り しよう。
な か な お
na.ka.na.o.ri. shi.yo.u.

你還不肯原諒我嗎？
まだ 許して くれないの？
ゆる
ma.da. yu.ru.shi.te. ku.re.na.i.no.

還有重修舊好的機會。
まだ やり直せる。
なお
ma.da. ya.ri.na.o.se.ru.

當作沒發生。
なかった ことに しよう。
na.ka.tta. ko.to.ni. shi.yo.u.

原諒 非敬語

願意原諒我嗎？
許<ruby>許<rt>ゆる</rt></ruby>して くれる？
yu.ru.shi.te. ku.re.ru.

說什麼原諒呢？我也有錯。
許<ruby>許<rt>ゆる</rt></ruby>すも何<ruby>何<rt>なに</rt></ruby>も、 わたしも 悪<ruby>悪<rt>わる</rt></ruby>かった。
yu.ru.su.mo.na.ni.mo. wa.ta.shi.mo.
wa.ru.ka.tta.

好像是我誤會了。
わたしの 誤解<ruby>誤解<rt>ごかい</rt></ruby>だった みたい。
wa.ta.shi.no. go.ka.i.da.tta. mi.ta.i.

不再吵架 非敬語

不會再讓你不安了。
もう 不安<ruby>不安<rt>ふあん</rt></ruby>に させないよ。
mo.u. fu.a.n.ni. sa.se.na.i.yo.

以後都要好好相處喔。
これから 仲良<ruby>仲良<rt>なかよ</rt></ruby>くして いこうね。
ko.re.ka.ra. na.ka.yo.ku.shi.te. i.ko.u.ne.

你懂我的心情了嗎？
気持<ruby>気持<rt>きも</rt></ruby>ちを 分<ruby>分<rt>わ</rt></ruby>かって くれた？
ki.mo.chi.o. wa.ka.tte. ku.re.ta.

# 求婚

基礎用語

| | | |
|---|---|---|
| 結婚戒指 | 結婚指輪<br>けっこんゆびわ | ke.kko.n.yu.bi.wa. |
| 求婚 | プロポーズ | pu.ro.po.o.zu. |
| 生活 | 暮らします<br>く | ku.ra.shi.ma.su. |
| 長歲數 | 年を取ります<br>とし と | to.shi.o.to.ri.ma.su. |
| 父母 | 両親<br>りょうしん | ryo.u.shi.n. |

想一起生活 （非敬語）

想要一直在一起。
ずっと 一緒に いたい。
いっしょ
zu.tto. i.ssho.ni. i.ta.i.

想要白頭偕老。
一緒に 年を 取りたいな。
いっしょ とし と
i.ssho.ni. to.shi.o. to.ri.ta.i.na.

我們結婚吧。
結婚しよう。
けっこん
ke.kko.n.shi.yo.u.

承諾　非敬語

一起建立幸福的家庭吧。
幸せな　　家族を　　作ろう。
shi.a.wa.se.na. ka.zo.ku.o. tsu.ku.ro.u.

我會讓你幸福的。
あなたを　幸せに　　　する。
a.na.ta.o.　shi.a.wa.se.ni.　su.ru.

回答　非敬語

我一直等著這一刻。
この　瞬間を　　待ってたよ。
ko.no.　shu.n.ka.n.o. ma.tte.ta.yo.

請給我一些時間考慮。
考える　時間を　ちょうだい。
ka.n.ga.e.ru. ji.ka.n.o.　cho.u.da.i.

我對婚姻沒有信心。
結婚に　自信が　ないの。
ke.kko.n.ni. ji.shi.n.ga. na.i.no.

談結婚還太早。
まだ　結婚は　早いよ。
ma.da. ke.kko.n.wa. ha.ya.i.yo.

# 婚姻

MP3 079

## 基礎用語

| | | |
|---|---|---|
| 已婚 | きこん<br>既婚 | ki.ko.n. |
| 離婚 | りこん<br>離婚 | ri.ko.n. |
| 離過１次婚 | バツイチ | ba.tsu.i.chi. |
| 分居 | べっきょ<br>別居 | be.kkyo. |
| 未婚夫、<br>未婚妻 | こんやくしゃ<br>婚約者 | ko.n.ya.ku.sha. |

## 婚姻狀況　非敬語

我和老公正分居。
だんな　　　べっきょちゅう
旦那と　　別居中なの。
da.n.na.to.　be.kkyo.chu.u.na.no.

有未婚夫(妻)了。
こんやくしゃ
婚約者が　　　　いるよ。
ko.n.ya.ku.sha.ga.　i.ru.yo.

下星期是我們的結婚紀念日喔。
らいしゅう　　　　　　　　　けっこんきねんび
来週は　わたしたちの　結婚記念日よ。
ra.i.shu.u.wa.　　wa.ta.shi.ta.chi.no.
ke.kko.n.ki.ne.n.bi.yo.

現在單身。
今は 独身です。
i.ma.wa. do.ku.shi.n.de.su.

單身曾經離過1次婚。
バツイチの 独身です。
ba.tsu.i.chi.no. do.ku.shi.n.de.su.

他已經結婚了。 非敬語
彼は もう 結婚してる。
ka.re.wa. mo.u. ke.kko.n.shi.te.ru.

說不定沒辦法結婚。 非敬語
結婚できない かもしれない。
ke.kko.n.de.ki.na.i. ka.mo.shi.re.na.i.

### 祝福

祝你們白頭偕老。
末永く お幸せに。
su.e.na.ga.ku. o.shi.a.wa.se.ni.

兩個人很相襯。 非敬語
お似合いの 2人だね。
o.ni.a.i.no. fu.ta.ri.da.ne.

# 表達愛意

　　日語裡表達愛意通常較為含蓄，在表白對 1 個人有好感的時候，通常會用「好き」(喜歡)而不會直接用「愛してる」(我愛你)。等真正交往在一起，互相表達愛意時才會用「愛してる」。以下是常見表達愛意的句子：

我好像喜歡他。
彼のこと、好きかも。

你喜歡我哪一點？
私のどんなところが好き？

我有喜歡的人了。
好きな人ができた。

要一直在一起喔。
ずっと一緒にいようね。

總是想著你。
あなたのことをずっと考えている。

健康篇

# 關心健康

基礎用語

| | | |
|---|---|---|
| 發燒 | 熱<br>ねつ | ne.tsu. |
| 氣色 | 顔色<br>かおいろ | ka.o.i.ro. |
| 食欲 | 食欲<br>しょくよく | sho.ku.yo.ku. |
| 身體狀況 | 体調<br>たいちょう | ta.i.cho.u. |
| 狀況、情況 | 具合<br>ぐあい | gu.a.i. |

氣色不好

你氣色不太好，還好吧？
顔色が　悪いけど　大丈夫ですか？
ka.o.i.ro.ga.　wa.ru.i.ke.do.　da.i.jo.u.bu.de.su.ka.

身體狀況還好嗎？
体調は　大丈夫ですか？
ta.i.cho.u.wa.　da.i.jo.u.bu.de.su.ka.

哪裡不舒服嗎？
どこか　具合が　悪いのですか？
do.ko.ka.　gu.a.i.ga.　wa.ru.i.no.de.su.ka.

關心 （非敬語）

怎麼了嗎？

どうしたの？
do.u.shi.ta.no.

還好嗎？
元気？
げんき
ge.n.ki.

是不是發燒了？
熱でも　　　あるんじゃないの？
ねつ
ne.tsu.de.mo.　a.ru.n.ja.na.i.no.

詢問狀況

有食欲嗎？
食欲は　　　　ありますか？
しょくよく
sho.ku.yo.ku.wa.　a.ri.ma.su.ka.

吃藥了嗎？
薬は　　飲みましたか？
くすり　　の
ku.su.ri.wa.　no.mi.ma.shi.ta.ka.

還沒痊癒嗎？
まだ　治ってないのですか？
なお
ma.da.　na.o.tte.na.i.no.de.su.ka.

# 身體狀況

## 基礎用語

| | | |
|---|---|---|
| 頭暈 | めまい | me.ma.i. |
| 發冷 | 寒気<br>さむけ | sa.mu.ke. |
| 想吐 | 吐き気<br>は　け | ha.ki.ke. |
| 呼吸 | 息<br>いき | i.ki. |
| 懶洋洋 | だるい | da.ru.i. |

## 不舒服

身體狀況不佳。
体調が　よくないです。
たいちょう
ta.i.cho.u.ga. yo.ku.na.i.de.su.

覺得不舒服。
気分が　悪いです。
きぶん　　わる
ki.bu.n.ga. wa.ru.i.de.su.

臉發紅。
顔が　ほてっています。
かお
ka.o.ga. ho.te.tte.i.ma.su.

## 頭部、呼吸

覺得頭暈。

めまいが します。
me.ma.i.ga. shi.ma.su.

頭暈腦脹。
<ruby>頭<rt>あたま</rt></ruby>が ふらふら します。
a.ta.ma.ga. fu.ra.fu.ra. shi.ma.su.

呼吸困難。
<ruby>息<rt>いき</rt></ruby>が <ruby>苦<rt>くる</rt></ruby>しいです。
i.ki.ga. ku.ru.shi.i.de.su.

## 身體狀況

全身都癢。
<ruby>身体中<rt>からだじゅう</rt></ruby>が かゆいです。
ka.ra.da.ju.u.ga. ka.yu.i.de.su.

發冷。
<ruby>寒気<rt>さむけ</rt></ruby>が します。
sa.mu.ke.ga. shi.ma.su.

想吐。
<ruby>吐<rt>は</rt></ruby>き<ruby>気<rt>け</rt></ruby>が します。
ha.ki.ke.ga. shi.ma.su.

## 病痛

### 基礎用語

| | | |
|---|---|---|
| 感冒 | 風邪<br>かぜ | ka.ze. |
| 筋骨痛 | 筋肉痛<br>きんにくつう | ki.n.ni.ku.tsu.u. |
| 鼻水 | 鼻水<br>はなみず | ha.na.mi.zu. |
| 打噴嚏 | くしゃみ | ku.sha.mi. |
| 咳嗽 | 咳<br>せき | se.ki. |

### 感冒

好像感冒了。
風邪を　ひいた　みたいです。
かぜ
ka.ze.o.　hi.i.ta.　mi.ta.i.de.su.

頭痛。
頭が　痛いです。
あたま　いた
a.ta.ma.ga.　i.ta.i.de.su.

不停打噴嚏。

くしゃみが　止まりません。
と
ku.sha.mi.ga.　to.ma.ri.ma.se.n.

身體不適

拉肚子拉得嚴重。
下痢が　ひどいです。
げり
ge.ri.ga.　hi.do.i.de.su.

覺得耳鳴。
耳鳴りが　します。
みみな
mi.mi.na.ri.ga.　shi.ma.su.

心悸。
動悸が　します。
どうき
do.ku.ki.ga.　shi.ma.su.

疼痛

變得筋骨痠痛。
筋肉痛に　なっちゃいました。
きんにくつう
ki.n.ni.ku.tsu.u.ni.　na.ccha.i.ma.shi.ta.

肩頸非常僵硬。
肩こりが　ひどいです。
かた
ka.ta.ko.ri.ga.　hi.do.i.de.su.

牙齒抽痛。
歯が　ズキズキ　痛みます。
は　　　　　　　　　　　いた
ha.ga.　zu.ki.zu.ki.　i.ta.mi.ma.su.

# 受傷

## 基礎用語

| 傷 | きず 傷 | ki.zu. |
|---|---|---|
| 瘀青、胎記 | あざ | a.za. |
| 燙傷 | やけど | ya.ke.do. |
| 腫起來 | は 腫れます | ha.re.ma.su. |
| 疼痛 | いた 痛みます | i.ta.mi.ma.su. |

## 症狀 （非敬語）

哪裡痛呢？
どこが 痛いの？
do.ko.ga. i.ta.i.no.

流了很多血。
ち 血が いっぱい で 出てる。
chi.ga. i.ppa.i. de.te.ru.

臉頰腫起來了。
ほおが は 腫れてる。
ho.o.ga. ha.re.te.ru.

受傷 （非敬語）

被菜刀切到手指。
包丁で　　指を　切った。
ほうちょう　　　ゆび　　き
ho.u.cho.u.de.　yu.bi.o.　ki.tta.

臉上有瘀青。
顔に　あざが　できた。
かお
ka.o.ni.　a.za.ga.　de.ki.ta.

燙傷了。

やけど　した。
ya.ke.do.　shi.ta.

筋骨傷 （非敬語）

是不是骨折了？
骨、　折れてない？
ほね　　お
ho.ne.　o.re.te.na.i.

閃到腰。
ギックリ腰に　なっちゃった。
ごし
gi.kku.ri.go.shi.ni.　na.ccha.tta.

腳抽筋了。
足が　つった。
あし
a.shi.ga.　tsu.tta.

# 醫院

基礎用語

| 就醫 | じゅしん<br>受診 | ju.shi.n. |
|---|---|---|
| 住院 | にゅういん<br>入院 | nyu.u.i.n. |
| 檢查 | けんさ<br>検査 | ke.n.sa. |
| 打針 | ちゅうしゃ<br>注射 | chu.u.sha. |
| 探病 | み ま<br>お見舞い | o.mi.ma.i. |

掛號

我想看醫生。
じゅしん
受診　したいのですが。
ju.shi.n.　shi.ta.i.no.de.su.ga.

是第 1 次來。
き　　　　　　　はじ
来たのは　初めてです。
ki.ta.no.wa.　ha.ji.me.te.de.su.

沒有健保卡。
ほけんしょう
保険証は　　　ありません。
ho.ke.n.sho.u.wa.　a.ri.ma.se.n.

問診

有固定服的藥嗎？
常用薬は　　　ありますか？
<small>じょうようやく</small>
jo.u.yo.u.ya.ku.wa.　a.ri.ma.su.ka.

要住院比較保險。
入院した　　ほうが　安心でしょう。
<small>にゅういん</small>　　　　　　<small>あんしん</small>
nyu.u.i.n.shi.ta.　ho.u.ga.　a.n.shi.n.de.sho.u.

需要動手術。
手術が　　　必要です。
<small>しゅじゅつ</small>　　<small>ひつよう</small>
shu.ju.tsu.ga.　hi.tsu.yo.u.de.su.

就診問題

可以幫我開氣喘的處方箋嗎？
ぜんそくの処方を　　書いて　いただけ
<small>しょほう</small>　　　　<small>か</small>
ませんか？
ze.n.so.ku.no.sho.ho.u.o.　ka.i.te.　i.ta.da.ke.
ma.se.n.ka.

需要打針嗎？
注射は　　　必要ですか？
<small>ちゅうしゃ</small>　　<small>ひつよう</small>
chu.u.sha.wa.　hi.tsu.yo.u.de.su.ka.

接受檢查。
検査を　受けました。
<small>けんさ</small>　　<small>う</small>
ke.n.sa.o.　u.ke.ma.shi.ta.

# 服藥

## 基礎用語

| 藥 | くすり<br>薬 | ku.su.ri. |
|---|---|---|
| 感冒藥 | かぜぐすり<br>風邪薬 | ka.ze.gu.su.ri. |
| 眼藥水 | めぐすり<br>目薬 | me.gu.su.ri. |
| 胃腸藥 | いちょうやく<br>胃腸薬 | i.cho.u.ya.ku. |
| 痠痛貼布 | しっぷ<br>湿布 | shi.ppu. |

## 買藥

最近的藥局在哪？
いちばんちか　　　　　やっきょく
一番近い　　薬局は　　どこですか？
i.chi.ba.n.chi.ka.i. ya.kkyo.ku.wa. do.ko.de.su.ka.

有藥物過敏嗎？
くすり
薬の　　　　アレルギーは　ありますか？
ku.su.ri.no. a.re.ru.gi.i.wa. a.ri.ma.su.ka.

我在找止痛藥。
ちんつうざい　　　　さが
鎮痛剤を　　　探しています。
chi.n.tsu.u.za.i.o. sa.ga.shi.te.i.ma.su.

### 藥效及服用方式

這個藥是治什麼的？
この薬は　　　何に　　効きますか？
ko.no.ku.su.ri.wa. na.ni.ni. ki.ki.ma.su.ka.

要錠狀的還是膠囊的？
錠剤ですか？　カプセルですか？
jo.u.za.i.de.su.ka. ka.pu.se.ru.de.su.ka.

請飯後吃。
食後に　　服用して　　　ください。
sho.ku.go.ni. fu.ku.yo.u.shi.te. ku.da.sa.i.

有副作用嗎？
副作用は　　　ありますか？
fu.ku.sa.yo.u.wa. a.ri.ma.su.ka.

### 吃藥

不太會吞藥。
薬を　　飲み込むのが　　苦手です。
ku.su.ri.o. no.mi.ko.mu.no.ga. ni.ga.te.de.su.

忘了吃藥。　非敬語
薬を　　飲み忘れちゃった。
ku.su.ri.o. no.mi.wa.su.re.cha.tta.

191

# 減肥

## 基礎用語

| 減肥 | ダイエット | da.i.e.tto. |
|------|-----------|-------------|
| 體態、風格 | スタイル | su.ta.i.ru. |
| 復胖 | リバウンド | ri.ba.u.n.do. |
| 節食 | 食事制限<br>しょくじせいげん | sho.ku.ji.se.i.ge.n. |
| 太瘦 | 痩せすぎ<br>や | ya.se.su.gi. |

## 想減肥　非敬語

最近肚子凸出來了。
最近　おなかが　出てきたな。
さいきん　　　　　　　で
sa.i.ki.n. o.na.ka.ga. de.te.ki.ta.na.

想要再瘦一點啊。
もう　ちょっと　痩せたいな。
や
mo.u. cho.tto. ya.se.ta.i.na.

羨慕她的體態。
彼女の　スタイルが　羨ましい。
かのじょ　　　　　　　うらや
ka.no.jo.no. su.ta.i.ru.ga. u.ra.ya.ma.shi.i.

減肥方法　　非敬語

今天開始節食。
今日から　食事制限を　始めよう。
kyo.u.ka.ra.　sho.ku.ji.se.i.ge.n.o.　ha.ji.me.yo.u.

毎天都做有氧運動喔。
毎日　有酸素運動　してるよ。
ma.i.ni.chi.　yu.u.sa.n.so.u.n.do.u.　shi.te.ru.yo.

要怎麼樣才可以瘦腰圍呢？
どうしたら　ウエストが　スリムに
なるんだろう。
do.u.shi.ta.ra.　u.e.su.to.ga.　su.ri.mu.ni.
na.ru.n.da.ro.u.

減肥成效　　非敬語

體重在下降！
体重が　減ってる！
ta.i.ju.u.ga.　he.tte.ru.

復胖了。
リバウンド　しちゃった。
ri.ba.u.n.do.　shi.cha.tta.

太瘦了啦。
痩せすぎなんだよ。
ya.se.su.gi.na.n.da.yo.

193

## 美容按摩

### 基礎用語

| | | |
|---|---|---|
| 美容、<br>美容中心 | エステ | e.su.te. |
| 整形 | 整形<br><small>せいけい</small> | se.i.ke.i. |
| 按摩 | マッサージ | ma.ssa.a.ji. |
| 脱毛 | 脱毛<br><small>だつもう</small> | da.tsu.mo.u. |
| 排毒 | デトックス | de.to.kku.su. |

### 皮膚

平常都怎麼保養呢？

どのような　ケアを　していますか？
do.no.yo.u.na.　ke.a.o.　shi.te.i.ma.su.ka.

為皮膚狀況糟而煩惱。

肌荒れに　悩まされています。
ha.da.a.re.ni.　na.ya.ma.sa.re.te.i.ma.su.

有想要去的美容中心。

行きたい　エステが　あるんですが。
i.ki.ta.i.　e.su.te.ga.　a.ru.n.de.su.ga.

## 身體

要不要按個摩呢？ 非敬語

マッサージでも　しようかな？
ma.ssa.a.ji.de.mo.　shi.yo.u.ka.na.

想要只瘦腳。
<ruby>足<rt>あし</rt></ruby>だけ　<ruby>痩<rt>や</rt></ruby>せたいです。
a.shi.da.ke.　ya.se.ta.i.de.su.

很用心在保養身體。
<ruby>念<rt>ねんい</rt></ruby>入りに　ボディケアを　しています。
ne.n.i.ri.ni.　bo.di.ke.a.o.　shi.te.i.ma.su.

## 臉部

很在意皺紋。
シワが　<ruby>気<rt>き</rt></ruby>になります。
shi.wa.ga.　ki.ni.na.ri.ma.su.

想要墊高鼻子。
<ruby>鼻<rt>はな</rt></ruby>を　<ruby>高<rt>たか</rt></ruby>く　したいです。
ha.na.o.　ta.ka.ku.　shi.ta.i.de.su.

真想變漂亮啊。 非敬語

きれいに　なりたいな。
ki.re.i.ni.　na.ri.ta.i.na.

# 疲勞

## 基礎用語

| 疲勞 | 疲れます | tsu.ka.re.ma.su. |
|------|----------|------------------|
| 時差症狀 | 時差ボケ | ji.sa.bo.ke. |
| 壓力 | ストレス | su.to.re.su. |
| 非常累 | へとへと | he.to.he.to. |
| 無力 | だるい | da.ru.i. |

沒力氣 （非敬語）

**啊，好累啊。**
ああ、疲れた。
a.a. tsu.ka.re.ta.

**沒有力氣。**
気力が ない。
ki.ryo.ku.ga. na.i.

**身體很沉重、沒力氣。**
体が だるい。
ka.ra.da.ga. da.ru.i.

非常累

身心俱疲
心も　　　体も　　　へとへとです。
ko.ko.ro.mo.　ka.ra.da.mo.　he.to.he.to.de.su.

累翻了。
疲れきっています。
tsu.ka.re.ki.tte.i.ma.su.

精疲力竭。
疲れ果てて　　しまいました。
tsu.ka.re.ha.te.te.　shi.ma.i.ma.shi.ta.

勞累的原因

現在有嚴重時差。
今、すごい　時差ボケなんです。
i.ma.　su.go.i.　ji.sa.bo.ke.na.n.de.su.

累積了很多壓力。
ストレスが　溜まっています。
su.to.re.su.ga.　ta.ma.tte.i.ma.su.

沒辦法再動了。　(非敬語)
もう　これ以上　動けないよ。
mo.u.　ko.re.i.jo.u.　u.go.ke.na.i.yo.

# 常見藥品

　　國人前往日本旅遊，經常購買藥品。以下是常見的日本藥品名稱。

| ROHTO NANO EYE 眼藥水 | ロート・ナノアイ |
| 小花眼藥水 | ロート・リセ |
| 曼秀雷敦 AD 乳液 | メンソレータム AD |
| 悠斯晶乳霜 | ユースキン |
| PAIR 痘痘藥 ( ペア ) | ペアアクネクリーム |
| EVE － A 錠止痛藥 | イブ A 錠 |
| EVE Quick 錠 | イブクイック |
| KOWA 蚊蟲止癢液 ( 也可說ウナ ) | ウナコーワクール |
| MUHI 蚊蟲止癢藥 | ムヒ |
| 俏正美 CHOCOLA BB | チョコラ BB |
| 武田合利他命 | アリナミン |
| 口内炎貼片 | 口内炎パッチ |

居家生活篇

# 起居作息

## 基礎用語

| 睡過頭 | <ruby>寝坊<rt>ねぼう</rt></ruby> | ne.bo.u. |
| --- | --- | --- |
| 叫醒 | <ruby>起<rt>お</rt></ruby>こします | o.ko.shi.ma.su. |
| 回籠覺 | <ruby>二度寝<rt>にどね</rt></ruby> | ni.do.ne. |
| 醒來、鬧鐘 | <ruby>目覚<rt>めざ</rt></ruby>まし | me.za.ma.shi. |
| 晚安 | おやすみ | o.ya.su.mi. |

## 起床  非敬語

睡過頭了！
<ruby>寝坊<rt>ねぼう</rt></ruby>した！
ne.bo.u.shi.ta.

怎麼不叫醒我！
<ruby>何<rt>なん</rt></ruby>で <ruby>起<rt>お</rt></ruby>こして くれないの！
na.n.de. o.ko.shi.te. ku.re.na.i.no.

再讓我睡一下。
もう <ruby>少<rt>すこ</rt></ruby>し <ruby>寝<rt>ね</rt></ruby>かせて。
mo.u. su.ko.shi. ne.ka.se.te.

## 睡眠 （非敬語）

一點也沒睡。
全<sub>まった</sub>く 眠<sub>ねむ</sub>れなかった。
ma.tta.ku. ne.mu.re.na.ka.tta.

想起來也起不來。
起<sub>お</sub>きたくても 起<sub>お</sub>きられない。
o.ki.ta.ku.te.mo. o.ki.ra.re.na.i.

不小心睡了回籠覺。
二度寝<sub>にどね</sub> しちゃった。
ni.do.ne. shi.cha.tta.

忘了訂鬧鐘。
目覚<sub>めざ</sub>まし時計<sub>どけい</sub>を かけ忘<sub>わす</sub>れた。
me.za.ma.shi.do.ke.i.o. ka.ke.wa.su.re.ta.

## 問候

晚安。
おやすみ。
o.ya.su.mi.

睡得好嗎？ （非敬語）
よく眠<sub>ねむ</sub>れた？
yo.ku.ne.mu.re.ta.

# 日常招呼

基礎用語

| 我出門了 | 行ってきます | i.tte.ki.ma.su. |
|---|---|---|
| 慢走、路上小心 | 行ってらっしゃい | i.tte.ra.ssha.i. |
| 我回來了 | ただいま | ta.da.i.ma. |
| 歡迎回來 | お帰りなさい | o.ka.e.ri.na.sa.i. |
| 辛苦了 | お疲れ様 | o.tsu.ka.re.sa.ma. |

打招呼 （非敬語）

你好啊。(用於熟識的朋友)

やあ。
ya.a.

你好。

どうも。
do.u.mo.

今天也很早呢。

今日も 早かったね。
kyo.u.mo. ha.ya.ka.tta.ne.

## 外出

我去趟超商。 非敬語

(ちょっと)コンビニに　行って　くる。
cho.tto.　ko.n.bi.ni.ni.　i.tte.　ku.ru.

要出門嗎？
お出かけですか？
o.de.ka.ke.de.su.ka.

別忘了鎖門喔。 非敬語

ドアに　かぎを　かけ忘れないで。
do.a.ni.　ka.gi.o.　ka.ke.wa.su.re.na.i.de.

## 回來

我回來了。
ただいま　戻りました。
ta.da.i.ma.　mo.do.ri.ma.shi.ta.

我回來了。
ただいま　帰りました。
ta.da.i.ma.　ka.e.ri.ma.shi.ta.

辛苦了。
お疲れ様です。
o.tsu.ka.re.sa.ma.de.su.

# 假日生活

MP3
091

## 基礎用語

| 下次 | 今度 こんど | ko.n.do. |
|------|------|------|
| 假日 | 休日 きゅうじつ | kyu.u.ji.tsu. |
| 休假 | 休み やす | ya.su.mi. |
| 預定 | 予定 よてい | yo.te.i. |
| 悠閒 | のんびり | no.n.bi.ri. |

## 假日生活

休假都做些什麼呢？
休みは　何を　していますか？
ya.su.mi.wa.　na.ni.o.　shi.te.i.ma.su.ka.

下次的休假要做什麼呢？
今度の休みは　　　何を　しますか？
ko.n.do.no.ya.su.mi.wa.　na.ni.o.　shi.ma.su.ka.

假日都怎麼度過呢？
休日は　　どう　過ごしますか？
kyu.u.ji.tsu.wa.　do.u.　su.go.shi.ma.su.ka.

計畫

沒有任何計畫。
何も　予定が　ありません。
na.ni.mo.　yo.tei.i.ga.　a.ri.ma.se.n.

正在想要做什麼。
何を　しようかと　考えています。
na.ni.o.　shi.yo.u.ka.to.　ka.n.ga.e.te.i.ma.su.

想去兜個風什麼的。　非敬語
ドライブでも　したいな。
do.ra.i.bu.de.mo.　shi.ta.i.na.

在家

在家悠閒度過。
家で　のんびり　したいです。
i.e.de.　no.n.bi.ri.　shi.ta.i.de.su.

哪兒都不想去。
どこにも　行きたく　ありません。
do.ko.ni.mo.　i.ki.ta.ku.　a.ri.ma.se.n.

明天要晚點起床。　非敬語
明日は　遅くまで　寝よう。
a.shi.ta.wa.　o.so.ku.ma.de.　ne.yo.u.

# 盥洗

## 基礎用語

| | | |
|---|---|---|
| 洗髮、洗髮精 | シャンプー | sha.n.pu.u. |
| 潤髮乳 | コンディショナー | ko.n.di.sho.na.a. |
| 護髮乳 | トリートメント | to.ri.i.to.me.n.to. |
| 沐浴乳 | ボディーソープ | bo.di.i.so.o.pu. |
| 乳液 | ローション | ro.o.sho.n. |

## 梳洗 （非敬語）

現在正在刷牙。
今、歯を　磨いている。
i.ma. ha.o.　mi.ga.i.te.i.ru.

我去洗把臉。
顔を　洗って　くる。
ka.o.o. a.ra.tte.　ku.ru.

還沒梳頭髮。
まだ　髪を　とかしてない。
ma.da. ka.mi.o. to.ka.shi.te.na.i.

洗手間 **非敬語**

我去一下洗手間。

ちょっと　トイレ。
cho.tto.　　　to.i.re.

洗手乳沒有囉。

ハンドソープ　切れたよ。
　　　　　　　　き
ha.n.do.so.o.pu.　ki.re.ta.yo.

沐浴 **非敬語**

我可以先洗澡嗎？

先に　お風呂に　入っていい？
さき　　ふ　ろ　　はい
sa.ki.ni. o.fu.ro.ni.　ha.i.tte.i.i.

喜歡用泡澡劑。

入浴剤を　　　使うのが　好き。
にゅうよくざい　　つか　　　　す
nyu.u.yo.ku.za.i.o. tsu.ka.u.no.ga. su.ki.

我去沖個澡。

シャワーを　浴びて　くる。
　　　　　　あ
sha.wa.a.o.　a.bi.te.　ku.ru.

你換洗髮精了？

シャンプー　変えた？
　　　　　　か
sha.n.pu.u.　ka.e.ta.

207

# 穿衣化粧

## 基礎用語

| 整裝打扮 | 身支度<br>みじたく | mi.ji.ta.ku. |
|---|---|---|
| 化妝 | 化粧<br>けしょう | ke.sho.u. |
| 鬍子 | ひげ | hi.ge. |
| 剃 | 剃ります<br>そ | so.ri.ma.su. |
| 更衣 | 着替え<br>きがえ | ki.ga.e. |

## 臉部儀容

要快點化妝才行。
早く　化粧しないと。
は や　　　けしょう
ha.ya.ku. ke.sho.u.shi.na.i.to.

很化妝的話覺得很害羞。 非敬語
すっぴんだと　恥ずかしい。
は
su.ppi.n.da.to. ha.zu.ka.shi.i.

要不要剃一下鬍子？ 非敬語
ひげを　剃ったら　どう？
そ
hi.ge.o. so.tta.ra. do.u.

### 穿衣 非敬語

快點換衣服。
早(はや)く　着替(きが)えて。
ha.ya.ku. ki.ga.e.te.

要穿哪雙鞋呢？
どの　靴(くつ)を　履(は)こうかな。
do.no. ku.tsu.o. ha.ko.u.ka.na.

穿什麼好呢？
何(なに)を　着(き)ようかな。
na.ni.o. ki.yo.u.ka.na.

### 衣服

忘了去拿乾洗的衣服。 非敬語
クリーニングを　引(ひ)き取(と)り　忘(わす)れちゃった。
ku.ri.i.ni.n.gu.o. hi.ki.to.ri. wa.su.re.cha.tta.

今天的工作要穿西裝。
今日(きょう)は　スーツで　お仕事(しごと)です。
kyo.u.wa. su.u.tsu.de. o.shi.go.to.de.su.

裙子皺巴巴的。 非敬語
スカートが　しわくちゃ。
su.ka.a.to.ga. shi.wa.ku.cha.

# 三餐

基礎用語

| 早餐 | ちょうしょく<br>朝 食 | cho.u.sho.ku. |
|------|------|------|
| 午餐 | ちゅうしょく<br>昼 食 | chu.u.sho.ku. |
| 晚餐 | ゆうしょく<br>夕 食 | yu.u.sho.ku. |
| 宵夜 | やしょく<br>夜食 | ya.sho.ku. |
| 零食<br>( 正餐外進食 ) | かんしょく<br>間 食 | ka.n.sho.ku. |

進食 （非敬語）

飯菜好香。

ごはんの　いい匂いが　する。
go.ha.n.no.　i.i.ni.o.i.ga.　su.ru.

不可以不吃午餐喔。

ちゅうしょく
昼食を　　抜いちゃ　だめよ。
chu.u.sho.ku.o.　nu.i.cha.　da.me.yo.

可以再來一碗 ( 杯 ) 嗎？

おかわり　して　いいかな。
o.ka.wa.ri.　shi.te.　i.i.ka.na.

## 飲食習慣　(非敬語)

中午經常外食。
昼食は　　　　外食が　　　多い。
yu.u.sho.ku.wa.　ga.i.sho.ku.ga.　o.o.i.

不吃早餐了。
朝ごはんは　いらないから。
a.sa.go.ha.n.wa.　i.ra.na.i.ka.ra.

不吃零食。
間食は　　　　しない。
ka.n.sho.ku.wa.　shi.na.i.

早上一定要喝咖啡。
朝に　コーヒーは　欠かせない。
a.sa.ni.　ko.o.hi.i.wa.　ka.ka.se.na.i.

## 用餐禮儀

我開動了。

いただきます。
i.ta.da.ki.ma.su.

我吃飽了。

ごちそうさまでした。
go.chi.so.u.sa.ma.de.shi.ta.

# 家事

## 基礎用語

| 家事 | 家事<br>かじ | ka.ji. |
|------|------|--------|
| 洗衣 | 洗濯<br>せんたく | se.n.ta.ku. |
| 打掃 | 掃除<br>そうじ | so.u.ji. |
| 洗碗 | 皿洗い<br>さらあら | sa.ra.a.ra.i. |
| 擦窗 | 窓拭き<br>まどふ | ma.do.fu.ki. |

## 洗衣

該洗衣了。
洗濯を しなくちゃ。
se.n.ta.ku.o. shi.na.ku.cha.

堆了很多髒衣服。 非敬語
洗濯物が 溜まっている。
せんたくもの た
se.n.ta.ku.mo.no.ga. ta.ma.tte.i.ru.

可以幫我把晒的衣服拿進來嗎？ 非敬語
洗濯物を 取り込んで くれない？
せんたくもの と こ
se.n.ta.ku.mo.no.o. to.ri.ko.n.de. ku.re.na.i.

 個字搞定日語會話

## 打掃  非敬語

打掃很麻煩。
掃除は 面倒だ。
so.u.ji.wa. me.n.do.u.da.

房間裡很散亂。
部屋が 散らかってる。
he.ya.ga. chi.ra.ka.tte.ru.

我擦過窗了。
窓を 拭いたよ。
ma.do.o. fu.i.ta.yo.

## 清洗  非敬語

我去倒垃圾。
ゴミを 出して くる。
go.mi.o. da.shi.te. ku.ru.

變得亮晶晶的。

ピカピカに なった。
pi.ka.pi.ka.ni. na.tta.

可以幫我洗碗嗎？
皿洗いを お願い できない？
sa.ra.a.ra.i.o. o.ne.ga.i. de.ki.na.i.

# 烹飪

MP3 096

## 基礎用語

| | | |
|---|---|---|
| 烹飪 | りょうり<br>料理 | ryo.u.ri. |
| 製作 | つく<br>作ります | tsu.ku.ri.ma.su. |
| 自己煮 | じすい<br>自炊 | ji.su.i. |
| 外食 | がいしょく<br>外食 | ga.i.sho.ku. |
| 便當 | べんとう<br>弁当 | be.n.to.u. |

## 自己下廚　非敬語

偶爾也下個廚好了。

たまには　料理でも　しようかな。
ta.ma.ni.wa.　ryo.u.ri.de.mo.　shi.yo.u.ka.na.

最近都沒下廚。

さいきん<br>最近　ちっとも　料理しないわ。
sa.i.ki.n.　chi.tto.mo.　ryo.u.ri.shi.na.i.wa.

自己下廚。

じぶん<br>自分で　りょうり<br>料理を　つく<br>作る。
ji.bu.n.de.　ryo.u.ri.o.　tsu.ku.ru.

味道 非敬語

好像加太多醬油了。
醬油を 入れすぎたかも。
sho.u.yu.o. i.re.su.gi.ta.ka.mo.

可以吃辣嗎？
辛いのは 大丈夫？
ka.ra.i.no.wa. da.i.jo.u.bu.

下廚狀況 非敬語

打開換氣扇吧。
換気扇を つけて。
ka.n.ki.se.n.o. tsu.ke.te.

將餐桌佈置好。
テーブルを 準備して。
te.te.bu.ru.o. ju.n.bi.shi.te.

飯還沒好嗎？
ごはんは まだ？
go.ha.n.wa. ma.da.

煮好囉。
ごはん、できたよ。
go.ha.n. de.ki.ta.yo.

# 金錢支出

## 基礎用語

| 儲蓄 | ちょきん<br>貯金 | cho.ki.n. |
|------|------|------|
| 電費 | でんきりょうきん<br>電気料金 | de.n.ki.ryo.u.ki.n. |
| 水費 | すいどうりょうきん<br>水道料金 | su.i.do.u.ryo.u.ki.n. |
| 瓦斯費 | りょうきん<br>ガス料金 | ga.su.ryo.u.ki.n. |
| 房租 | やちん<br>家賃 | ya.chi.n. |

## 金錢話題

去領了錢。 非敬語
かね
お金を　おろして　きた。
o.ka.ne.o.　o.ro.shi.te.　ki.ta.

真希望發薪日早點來。 非敬語
はや　　きゅうりょうび　　こ
早く　給料日　来ないかな。
ha.ya.ku.　kyu.u.ryo.u.bi.　ko.na.i.ka.na.

要好好存錢才行。
ちょきん
ちゃんと　貯金しないと。
cha.n.to.　cho.ki.n.shi.na.i.to.

支出　非敬語

這個月不節約的話很難熬。
今月は　切り詰めないと　厳しいな。
ko.n.ge.tsu.wa. ki.ri.tsu.me.na.i.to. ki.bi.shi.i.na.

有好好地記帳。
ちゃんと　家計簿を　つけている。
cha.n.to. ka.ke.i.bo.o. tsu.ke.te.i.ru.

上個月的電費瓦斯費很貴。
先月の　光熱費が　高い。
se.n.ge.tsu.no. ko.u.ne.tsu.hi.ga. ta.ka.i.

理財

累積了點數。　非敬語
ポイントが　溜まった。
po.i.n.to.ga. ta.ma.tta.

把提款卡搞丟了。
キャッシュカードを　なくしました。
kya.sshu.ka.a.do.o. na.ku.shi.ma.shi.ta.

對錢沒概念。　非敬語
金銭感覚が　ない。
ki.n.se.n.ka.n.ka.ku.ga. na.i.

# 居家休閒

基礎用語

| 閒晃、滾來滾去 | ゴロゴロ | go.ro.go.ro. |
| 閱讀 | 読書 (どくしょ) | do.ku.sho. |
| 手工藝 | 手芸 (しゅげい) | shu.ge.i. |
| 園藝 | ガーデニング | ga.a.de.ni.n.gu. |
| 遊戲、電玩 | ゲーム | ge.e.mu. |

好好休息 （非敬語）

想要整天在家滾來滾去。
1日 (いちにち) ゴロゴロ したいな。
i.chi.ni.chi. go.ro.go.ro. shi.ta.i.na.

整天什麼都沒做。
1日 (いちにち) 何も (なに) しなかった。
i.chi.ni.chi. na.ni.mo. shi.na.ka.tta.

週末想補眠。
週末に (しゅうまつ) 寝だめを (ね) したい。
shu.ma.tsu.ni. ne.da.me.o. shi.ta.i.

想在家放鬆。
家で　リラックス　したい。
i.e.de.　ri.ra.kku.su.　　shi.ta.i.

静態活動 　非敬語

來看錄了沒看的節目。
撮りだめしてた　番組を　　見よう。
to.ri.da.me.shi.te.ta.　ba.n.gu.mi.o.　mi.yo.u.

聽音樂總能得到心靈慰藉。
音楽を　　聞くと　癒されるな。
o.n.ga.ku.o.　ki.ku.to.　i.ya.sa.re.ru.na.

做手工藝。
手芸を　する。
shu.ge.i.o.　su.ru.

遊戲 　非敬語

玩電玩到很晚。
遅くまで　　ゲームを　やってた。
o.so.ku.ma.de.　ge.e.mu.o.　ya.tte.ta.

要不要玩好久沒玩的西洋棋。
久しぶりに　チェス　やらない？
hi.sa.shi.bu.ri.ni.　che.su.　　ya.ra.na.i.

# 時間

MP3
099

## 基礎用語

| | | |
|---|---|---|
| 時間 | 時間（じかん） | ji.ka.n. |
| 早 | 早い（はやい） | ha.ya.i. |
| 晚、慢 | 遅い（おそい） | o.so.i. |
| 上午 | 午前（ごぜん） | go.ze.n. |
| 下午 | 午後（ごご） | go.go. |

## 時

現在幾點？
今（いま） 何時（なんじ）ですか？
i.ma. na.n.ji.de.su.ka.

有 2 小時時差。
時差（じさ）が 2時間（にじかん） あります。
ji.sa.ga. ni.ji.ka.n. a.ri.ma.su.

5 分鐘後開始。
5分後（ごふんご）に 始（はじ）まります。
go.fu.n.go.ni. ha.ji.ma.ri.ma.su.

日

付款日是什麼時候？
支払日は　　いつですか？
shi.ha.ra.i.bi.wa. i.tsu.de.su.ka.

請在明天前交出來。
明日までに　出して　ください。
a.shi.ta.ma.de.ni. da.shi.te. ku.da.sa.i.

2天做1次運動。
2日に　　1度　運動してるんです。
fu.tsu.ka.ni. i.chi.do. u.n.do.u.shi.te.ru.n.de.su.

早晚

請再等一下。
ほんの少し　お待ち　ください。
ho.n.no.su.ko.shi. o.ma.chi. ku.da.sa.i.

已經這麼晚了。
もう　こんな　時間。
mo.u. ko.n.na. ji.ka.n.

還沒8點呢。 非敬語
まだ　8時前だわ。
ma.da. ha.chi.ji.ma.e.da.wa.

# 電源電器

## 基礎用語

| | | |
|---|---|---|
| 電燈、電源 | でんき<br>電気 | de.n.ki. |
| 家電 | かでん<br>家電 | ka.de.n. |
| 充電器 | じゅうでんき<br>充電器 | ju.u.de.n.ki. |
| 燈泡 | でんきゅう<br>電球 | de.n.kyu.u. |
| 空調 | エアコン | e.a.ko.n. |

## 燈

可以把燈關掉嗎？
でんき け
電気を 消して くれませんか？
de.n.ki.o. ke.shi.te. ku.re.ma.se.n.ka.

(幫我)把燈打開。 非敬語
でんき
電気を つけて。
de.n.ki.o. tsu.ke.te.

燈一閃一閃的。 非敬語
しょうめい
照明が チカチカ してる。
sho.u.me.i.ga. chi.ka.chi.ka. shi.te.ru.

手機電源

手機快沒電了。 非敬語
携帯の　　充電が　　切れそう。
ke.i.ta.i.no.　ju.u.de.n.ga.　ki.re.so.u.

請問可以借我充電器嗎？
充電器を　貸して　いただけますか？
ju.u.de.n.ki.o.　ka.shi.te.　i.ta.da.ke.ma.su.ka.

請把電源關掉。
電源を　　切って　　ください。
de.n.ge.n.o.　ki.tte.　ku.da.sa.i.

家電 非敬語

可以幫我用吸地板嗎？
掃除機　かけて　くれる？
so.u.ji.ki.　ka.ke.te.　ku.re.ru.

幫我換一下濾網。
フィルターを　交換して。
fi.ru.ta.a.o.　ko.u.ka.n.shi.te.

冷氣定時了。
クーラーを　タイマーに　した。
ku.u.ra.a.o.　ta.i.ma.a.ni.　shi.ta.

# 用餐禮儀

　　日本常見的用餐禮儀最為人所知的就是在開動前會說「いただきます」，用餐完畢會說「ごちそうさまでした」。除此之外，還有以下常見的用餐禮儀或習慣。

- 吃飯時要將碗拿起。
- 不可把筷子放在碗上。
- 套餐中，味道由左到右的味道是由淡至濃，所以從左邊開始吃。
- 飯和湯通常是交互著吃，而不是將湯留至最後。
- 吃生魚片要沾芥末時，是取一點芥末放到生魚片上，再沾醬油吃。

# 職場篇

# 問職業

基礎用語

| 工作 | しごと<br>仕事 | shi.go.to. |
|------|------|------|
| 什麼樣的 | どんな | do.n.na. |
| (在...) 工作 | はたら<br>働いています | ha.ta.ra.i.te.i.ma.su. |
| 打工 | バイト | ba.i.to. |
| 找工作 | しゅうしょくかつどう<br>就職活動 | shu.u.sho.ku.<br>ka.tsu.do.u. |

問職業

請問你的工作是什麼？
お仕事は　何ですか？
o.shi.go.to.wa.　na.n.de.su.ka.

請問你從事什麼工作？
仕事は　何を　していますか？
shi.go.to.wa.　na.ni.o.　shi.te.i.ma.su.ka.

請問你從事什麼樣的工作？
どんな　仕事を　していますか？
do.n.na.　shi.go.to.o.　shi.te.i.ma.su.ka.

自己的職業

我是老師。

わたしは　教師です。
wa.ta.shi.wa.　kyo.u.shi.de.su.

在打工。

バイト　しています。
ba.i.to.　shi.te.i.ma.su.

在百貨公司工作。

デパートで　働いています。
de.pa.a.to.de.　ha.ta.ra.i.te.i.ma.su.

正在找工作。

仕事を　探しています。
shi.go.to.o.　sa.ga.shi.te.i.ma.su.

稱讚對方的工作

很棒的工作呢。

素敵な　仕事ですね。
su.te.ki.na.　shi.go.to.de.su.ne.

很酷的工作呢。/ 很不錯的工作呢。

かっこいい　仕事ですね。
ka.kko.i.i.　shi.go.to.de.su.ne.

227

## 職位

MP3
102

### 基礎用語

| | | |
|---|---|---|
| 職業 | 職業<br>しょくぎょう | sho.ku.gyo.u. |
| 職稱 | 肩書き<br>かたが | ka.ta.ga.ki. |
| 所屬部門 | 部署<br>ぶしょ | bo.sho. |
| 隸屬 | 所属<br>しょぞく | sho.zo.ku. |
| 擔任 | 務めます<br>つと | tsu.to.me.ma.su. |

### 隸屬部門

你隸屬哪個部門？
どの部署に 属して いますか？
do.no.bu.sho.ni. zo.ku.shi.te. i.ma.su.ka.

我隸屬於國外營業部。
海外事業部に 所属しています。
ka.i.ga.i.ji.gyo.u.bu.ni. sho.zo.ku.shi.te.i.ma.su.

我是開發部部長山下。
わたしは 開発部部長の 山下です。
wa.ta.shi.wa. ka.i.ha.tsu.bu.bu.cho.u.no.
ya.ma.shi.ta.de.su.

### 工作內容

做普通事務工作。
一般事務を　　しています。
i.ppa.n.ji.mu.o.　shi.te.i.ma.su.

從事公關工作。
広報の　　　仕事を　　しています。
ko.u.ho.u.no.　shi.go.to.o.　shi.te.i.ma.su.

擔任董事。
取締役を　　　　　務めています。
to.ri.shi.ma.ri.ya.ku.o.　tsu.to.me.te.i.ma.su.

### 業務內容

被分發到業務部了。
営業部に　　配属に　　なりました。
e.i.gyo.u.bu.ni.　ha.i.zo.ku.ni.　na.ri.ma.shi.ta.

擔任印刷部的業務課長。
印刷部の　　営業課長を　　しています。
i.n.sa.tsu.bu.no.　e.i.gyo.u.ka.cho.u.o.
shi.te.i.ma.su.

在人事部負責任用人員。
人事部で　採用を　　担当しています。
ji.n.ji.bu.de.　sa.i.yo.u.o.　ta.n.to.u.shi.te.i.ma.su.

MP3
103

## 基礎用語

| | | |
|---|---|---|
| 開發 | かいはつ<br>開発 | ka.i.ha.tsu. |
| 業者 | ぎょうしゃ<br>業者 | gyo.u.sha. |
| 業界 | ぎょうかい<br>業界 | gyo.u.ka.i. |
| 業績 | じっせき<br>実績 | ji.sse.ki. |
| 職場 | しょくば<br>職場 | sho.ku.ba. |

## 公司簡介

敝社是零件販賣商。
わが社は　部品販売業者です。
wa.ga.sha.wa.　bu.hi.n.ha.n.ba.i.gyo.u.sha.de.su.

(敝公司) 專營系統開發。
システム開発を　得意として
おります。
shi.su.te.mu.ka.i.ha.tsu.o.　to.ku.i.to.shi.te.
o.ri.ma.su.

關於公司簡介請參閱手邊資料。
会社概要は、 資料を ご覧ください。
ka.i.sha.ga.i.yo.u.wa. shi.ryo.u.o.
go.ra.n.ku.da.sa.i.

---

風評很好

在業界很受矚目。
業界でも 注目を 浴びています。
gyo.u.ka.i.de.mo. chu.u.mo.ku.o.
a.bi.te.i.ma.su.

廣受好評。
ご好評を いただいて おります。
go.ko.u.hyo.u.o. i.ta.da.i.te. o.ri.ma.su.

---

公司狀況 （非敬語）

職場的氣氛很好。
職場の 雰囲気が いい。
sho.ku.ba.no. fu.n.i.ki.ga. i.i.

說不定要破產了。
もしかしたら 倒産するかも。
mo.shi.ka.shi.ta.ra. to.u.sa.n.su.ru.ka.mo.

# 工作進度

MP3
104

## 基礎用語

| | | |
|---|---|---|
| 進度 | 進捗<br>しんちょく | shi.n.cho.ku. |
| 業務報告 | 業務報告<br>ぎょうむほうこく | gyo.u.mu.<br>ho.u.ko.ku. |
| 截止日 | 締め切り<br>し　き | shi.me.ki.ri. |
| 預計 | 予定<br>よてい | yo.te.i. |
| 日程 | スケジュール | su.ke.ju.u.ru. |

## 問進度

進度怎麼樣？
進捗は　　　どうですか？
しんちょく
shi.n.cho.ku.wa. do.u.de.su.ka.

趕得上截止日嗎？
締め切りには　間に合いそうですか？
し　き　　　　　ま　あ
shi.me.ki.ri.ni.wa. ma.ni.a.i.so.u.de.su.ka.

是否依預定計畫進行呢？
予定どおりに　進んでいますか？
よてい　　　　　すす
yo.te.i.do.o.ri.ni. su.su.n.de.i.ma.su.ka.

### 問進度

稍微延遲了。
少し 遅れています。
su.ko.shi. o.ku.re.te.i.ma.su.

幾乎完成了。
ほとんど 終わっています。
ho.to.n.do. o.wa.tte.i.ma.su.

比預計的早。
予定より 早いです。
yo.te.i.yo.ri. ha.ya.i.de.su.

### 時間調整

需要重新調整日程。
リスケする 必要が あります。
ri.su.ke.su.ru. hi.tsu.yo.u.ga. a.ri.ma.su.

以來得及為目標進行調整。
間に合わせる よう 調整します。
ma.ni.a.wa.se.ru. yo.u. cho.u.se.i.shi.ma.su.

想要延後交貨日。
納期を 伸ばして いただきたいです。
no.u.ki.o. no.ba.shi.te. i.ta.da.ki.ta.i.de.su.

# 出勤

MP3
105

## 基礎用語

| 上班 | 出勤<br>しゅっきん | shu.kki.n. |
|------|------|------|
| 通勤 | 通勤<br>つうきん | tsu.u.ki.n. |
| 缺席 | 欠勤<br>けっきん | ke.kki.n. |
| 早退 | 早退<br>そうたい | so.u.ta.i. |
| 休假 | 休暇<br>きゅうか | kyu.u.ka. |

## 通勤

通常是7點去上班。
いつも 7時に 出社しています。
i.tsu.mo. shi.chi.ji.ni. shu.ssha.shi.te.i.ma.su.

騎自行車上下班。
自転車で 通勤しています。
ji.te.n.sha.de. tsu.u.ki.n.shi.te.i.ma.su.

通勤時間很長真討厭。　非敬語
通勤時間が 長くて 嫌だな。
tsu.u.ki.n.ji.ka.n.ga. na.ga.ku.te. i.ya.da.na.

### 缺席

可以早退嗎？
早退（そうたい）して　いいですか？
so.u.ta.i.shi.te.　i.i.de.su.ka.

今天向公司請了假。
今日（きょう）は　会社（かいしゃ）を　休（やす）みました。
kyo.u.wa.　ka.i.sha.o.　ya.su.mi.ma.shi.ta.

他無故曠職。　(非敬語)
彼（かれ）は　無断欠勤（むだんけっきん）した。
ka.re.wa.　mu.da.n.ke.kki.n.shi.ta.

### 請假

不太能請假。
なかなか　休（やす）みが　取（と）れません。
na.ka.na.ka.　ya.su.mi.ga.　to.re.ma.se.n.

我想請半天假。
半日休暇（はんにちきゅうか）を　いただきたいのですが。
ha.n.ni.chi.kkyu.u.ka.o.　i.ta.da.ki.ta.i.no.de.su.ga.

有 7 天的特休。
7日間（なのかかん）の　有給休暇（ゆうきゅうきゅうか）が　あります。
na.no.ka.ka.n.no.　yu.u.kyu.u.kyu.u.ka.ga.
a.ri.ma.su.

235

# 加班

## 基礎用語

| 加班 | 残業<br>ざんぎょう | za.n.gyo.u. |
|---|---|---|
| 義務加班<br>（無加班費） | サービス残業<br>ざんぎょう | sa.a.bi.su.<br>za.n.gyo.u. |
| 加班津貼 | 残業手当<br>ざんぎょうてあて | za.n.gyo.u.te.a.te. |
| 假日上班 | 休日出勤<br>きゅうじつしゅっきん | kyu.u.ji.tsu.<br>shu.kki.n. |
| 準時 | 定時<br>ていじ | te.i.ji. |

## 加班話題

今天真想準時下班。　非敬語

今日こそ　定時に　帰りたいな。
きょう　　　ていじ　　かえ

kyo.u.ko.so.　te.i.ji.ni.　ka.e.ri.ta.i.na.

假日也要去上班嗎？

休日出勤ですか？
きゅうじつしゅっきん

kyu.u.ji.tsu.shu.kki.n.de.su.ka.

今天也帶工作回家了。

持ち帰り残業、　今日も　しました。
も　かえ　ざんぎょう　　　きょう

mo.chi.ka.e.ri.za.n.gyo.u.　kyo.u.mo.

shi.ma.shi.ta.

加班程度

每週大約會加 3 小時班。
週に 3 時間程度 残業が あります。
shu.u.ni. sa.n.ji.ka.n.te.i.do. za.n.gyo.u.ga.
a.ri.ma.su.

1 天大約工作 10 小時。
1 日 10 時間ぐらい 働きます。
i.chi.ni.chi. ju.u.ji.ka.n.gu.ra.i. ha.ta.ra.ki.ma.su.

每天都被工作追著跑。 非敬語
毎日 仕事に 追われてる。
ma.i.ni.chi. shi.go.to.ni. o.wa.re.te.ru.

別工作得太辛苦喔。 非敬語
あんまり 働き過ぎない ようにね。
a.n.ma.ri. ha.ta.ra.ki.su.ki.na.i. yo.u.ni.ne.

抱怨 非敬語

今天也要加班啊...。
今日も 残業か…。
kyo.u.mo. za.n.gyo.u.ka.

每天都義務加班啊。
毎日 サービス残業だよ。
ma.i.ni.chi. sa.a.bi.su.za.n.gyo.u.da.yo.

237

# 出差

MP3 107

## 基礎用語

| | | |
|---|---|---|
| 出差 | 出張<br>しゅっちょう | shu.ccho.u. |
| 國外出差 | 海外出張<br>かいがいしゅっちょう | ka.i.ga.i.shu.ccho.u. |
| 採訪 | 取材<br>しゅざい | shu.za.i. |
| 開會 | 打ち合わせ<br>う　あ | u.chi.a.wa.se. |
| 當天往返 | 日帰り<br>ひがえ | hi.ga.e.ri. |

## 出差

課長正在出差。
課長は　　出張中です。
かちょう　　しゅっちょうちゅう
ka.cho.u.wa.　shu.ccho.u.chu.u.de.su.

去倫敦出差。
ロンドンへ　　出張しました。
しゅっちょう
ro.n.do.n.e.　　shu.ccho.u.shi.ma.shi.ta.

下週要去出差。
来週　　出張に　　行きます。
らいしゅう　しゅっちょう　い
ra.i.shu.u.　shu.ccho.u.ni.　i.ki.ma.su.

### 出差目的及時間

出差的時間是 3 個月。
しゅっちょう　　　　　きかん　　　さんかげつ
出張の　　　期間は　3 ヶ月です。
shu.ccho.u.no. ki.ka.n.wa. sa.n.ka.ge.tsu.de.su.

當天來回去大阪出差回來了。
おおさか　　　ひがえ　しゅっちょう
大阪へ　　日帰り出張して　きました。
o.o.sa.ka.e. hi.ga.e.ri.shu.ccho.u.shi.te.
ki.ma.shi.ta.

為開會出了趟差。
う　あ　　　　　　しゅっちょう　　い
打ち合わせで　出張に　行きました。
u.chi.a.wa.se.de. shu.ccho.u.ni. i.ki.ma.shi.ta.

為採訪去了國外。
しゅざい　　　　　かいがい　　い
取材のため　　海外へ　行きました。
shu.za.i.no.ta.me. ka.i.ga.i.e. i.ki.ma.shi.ta.

### 出差心得

去國外出差很有趣。
かいがいしゅっちょう　　　　おもしろ
海外出張は　　　　面白いです。
ka.i.ga.i.shu.ccho.u.wa. o.mo.shi.ro.i.de.su.

想要順便觀光。　非敬語
かんこう
ついでに　観光も　　　したい。
tsu.i.de.ni. ka.n.ko.u.mo. shi.ta.i.

# 職務異動

## 基礎用語

| 入社 | にゅうしゃ<br>入社 | nyu.u.sha. |
|------|------|------|
| 異動 | いどう<br>異動 | i.do.u. |
| 離職 | たいしょく<br>退職 | ta.i.sho.ku. |
| 調職 | てんきん<br>転勤 | te.n.ki.n. |
| 駐外、外派 | かいがいふにん<br>海外赴任 | ka.i.ga.i.fu.ni.n. |

## 就職離職

在4月2日入社了。
しがつ ふつかづけ　　　　にゅうしゃ
4月2日付で　入社いたしました。
shi.ga.tsu.fu.tsu.ka.zu.ke.de.　nyu.u.sha.i.ta.shi.
ma.shi.ta.

下個月開始在大阪工作。
らいげつ　　　　おおさかきんむ
来月から　大阪勤務です。
ra.i.ge.tsu.ka.ra.　o.o.sa.ka.ki.n.mu.de.su.

我想要辭職。
かいしゃ　　　や
会社を　辞めたいのですが。
ka.i.sha.o.　ya.me.ta.i.no.de.su.ga.

異動及申請

升上部長。
部長に　昇進しました。
bu.sho.u.ni.　sho.u.shi.n.shi.ma.shi.ta.

申請了調動。
異動願いを　出しました。
i.do.u.ne.ga.i.o.　da.shi.ma.shi.ta.

申請在 8 月 31 日離職。
8 月 3 1 日に　退職を　希望します。
ha.chi.ga.tsu.sa.n.ju.u.i.chi.ni.chi.ni.　ta.i.sho.ku.o.
ki.bo.u.shi.ma.su.

想要轉業。
転職したいです。
te.n.sho.ku.shi.ta.i.de.su.

調職及退休

調職到上海分公司了。
上海支社に　転勤に　なりました。
sha.n.ha.i.shi.sha.ni.　te.n.ki.n.ni.　na.ri.ma.shi.ta.

還有幾年退休？
あと　何年で　定年ですか？
a.to.　na.n.ne.n.de.　te.i.ne.n.de.su.ka.

# 證照技能

## 基礎用語

| | | |
|---|---|---|
| 資格、證照 | 資格 (しかく) | shi.ka.ku. |
| 經驗 | 経験 (けいけん) | ke.i.ke.n. |
| 專攻 | 専攻 (せんこう) | se.n.ko.u. |
| 執照 | 免許 (めんきょ) | me.n.kyo. |
| 擁有 | 持っています (も) | mo.tte.i.ma.su. |

## 證照需求

需要什麼樣的資格？
どのような 資格が (しかく) 必要ですか？ (ひつよう)
do.no.yo.u.na. shi.ka.ku.ga. hi.tsu.yo.u.de.su.ka.

其他還有什麼技能？
どんな 技能を (ぎのう) お持ちですか？ (も)
do.n.na. gi.no.u.o. o.mo.chi.de.su.ka.

要找有經驗的人。
経験のある (けいけん) 人を (ひと) 求めています。 (もと)
ke.i.ke.n.no.a.ru. hi.to.o. mo.to.me.te.i.ma.su.

## 具備的技能

有護士的證照。
看護師の　資格を　持っています。
ka.n.go.shi.no.　shi.ka.ku.o.　mo.tte.i.ma.su.

曾專攻經濟。
経済を　専攻　しました。
ke.i.za.i.o.　se.n.ko.u.　shi.ma.shi.ta.

會用會計軟體。
会計ソフトが　使えます。
ka.i.ke.i.so.fu.to.ga.　tsu.ka.e.ma.su.

會說流俐的德文。
ドイツ語が　流暢に　話せます。
do.i.tsu.go.ga.　ryu.u.cho.u.ni.　ha.na.se.ma.su.

## 資格考試

為了資格考試，正在努力學習。
資格を　取るために　勉強しています。
shi.ka.ku.o.　to.ru.ta.me.ni.　be.n.kyo.u.shi.te.
i.ma.su.

取得了廚師資格。
調理師の　資格を　とりました。
cho.u.ri.shi.no.　shi.ka.ku.o.　to.ri.ma.shi.ta.

# 日本的求職方式

　　日本的求職方式，和其他國家最不同的就是通常在畢業之前，大部分的學生就已經找好畢業後就職的公司。找工作在日本稱為「就職活動」（しゅうしょくかつどう）簡稱為「就活」（しゅうかつ）。日本的就職活動，通常是先參加公司的說明會，接著再進行投履歷、筆試、面試等。

　　若是高中畢業就想進入職場，那麼在 3 年級的 9 月 16 日之後，即可開始進行就職活動。而大學生則是在 3 年級的 3 月開始找工作，8 月開始可以進行筆試面試。而研究所學生則是在 1 年級的冬天即開始找工作，2 年級 4 月開始進行筆試面試。

　　在畢業前如果沒找到工作，畢業之後還在進行就職活動的人，就叫做「就職浪人」（しゅうしょくろうにん）。

　　工作之後辭職稱為「退職」（たいしょく）換工作稱為「転職」（てんしょく）。而辭職之後重新找工作稱為「再就職活動」（さいしゅうしょくかつどう）或「転職活動」（てんしょくかつどう）。

# 交通篇

## 交通方式

MP3
110

### 基礎用語

| 交通 | こうつう<br>交通 | ko.u.tsu.u. |
|------|------|------|
| 路線圖 | ろせんず<br>路線図 | ro.se.n.zu. |
| 方便 | べんり<br>便利 | be.n.ri. |
| 一周 | いっしゅう<br>一周 | i.sshu.u. |
| 到澀谷 | しぶや<br>（渋谷）まで | shi.bu.ya.ma.de. |

### 交通相關問題

公車和地下鐵，哪個比較快？
バスと地下鉄　どっちが　早いですか？
ba.su.to.chi.ka.te.tsu.　do.cchi.ga.　ha.ya.i.
de.su.ka.

要坐電車去嗎？
でんしゃ
電車で　行きますか？
de.n.sha.de. i.ki.ma.su.ka.

請給我路線圖。
ろせんず
路線図を　ください。
ro.se.n.zu.o.　ku.da.sa.i.

### 交通資訊

你知道怎麼去澀谷嗎？
渋谷までの 行き方を 知っていますか？
shi.bu.ya.ma.de.no. i.ki.ka.ta.o. shi.tte.i.ma.
su.ka.

需要花多少時間？
どれくらい かかりますか？
do.re.ku.ra.i. ka.ka.ri.ma.su.ka.

地圖 APP 很方便。
地図アプリは とても 便利です。
chi.zu.a.pu.ri.wa. to.te.mo. be.n.ri.de.su.

### 交通方式

坐計程車最簡單。
タクシーが 一番 簡単です。
ta.ku.shi.i.ga. i.chi.ba.n. ka.n.ta.n.de.su.

走路去。
歩いて 行きます。
a.ru.i.te. i.ki.ma.su.

坐船環遊了世界一周。
船で 世界一周 しました。
fu.ne.de. se.ka.i.i.sshu.u. shi.ma.shi.ta.

# 開車

基礎用語

| 駕駛 | うんてん<br>運転 | u.n.te.n. |
|------|------|------|
| 租車 | レンタカー | re.n.ta.ka.a. |
| 速度 | スピード | su.pi.i.do. |
| 行車導航 | カーナビ | ka.a.na.bi. |
| 超車 | お こ<br>追い越し | o.i.ko.shi. |

駕車

你會開車嗎？
うんてん
運転　できますか？
u.n.te.n.　de.ki.ma.su.ka.

今天要不要去兜風？　非敬語
きょう
今日　ドライブに　行かない？
kyo.u.wa.　do.ra.i.bu.ni.　i.ka.na.i.

有駕照但不敢上路。

ペーパードライバーです。
pe.e.pa.a.do.ra.i.ba.a.de.su.

## 租車

可以在哪租到車？
どこで 車を 借りられますか？
do.ko.de. ku.ru.ma.o. ka.ri.ra.re.ma.su.ka.

我想要租小型車。
コンパクトカーを 借りたいのですが。
ko.n.pa.ku.to.ka.a.o. ka.ri.ta.i.no.de.su.ga.

我有國際駕照。
国際免許証を 持っています。
ko.ku.sa.i.me.n.kyo.sho.u.o. mo.tte.i.ma.su.

車上有導航系統嗎？
ナビは ついていますか？
na.bi.wa. tsu.i.te.i.ma.su.ka.

## 車內話題 （非敬語）

開太快了啦。
スピードを 出しすぎたよ。
su.pi.i.do.o. da.shi.su.gi.ta.yo.

開慢一點。
スピードを 落として。
su.pi.i.do.o. o.to.shi.te.

# 路況

基礎用語

| 塞車 | じゅうたい<br>渋滞 | ju.u.ta.i. |
|------|------|------|
| 道路管制 | こうつうきせい<br>交通規制 | ko.u.tsu.u.ki.se.i. |
| 單向通行 | いっぽうつうこう<br>一方通行 | i.ppo.u.tsu.u.ko.u. |
| 速限 | せいげんそくど<br>制限速度 | se.i.ge.n.so.ku.do. |
| 超速 | スピード違反 | su.pi.i.do.i.ha.n. |

道路狀況 （非敬語）

這條路好難開啊。
この道は　　運転しづらいな。
ko.no.mi.chi.wa.　u.n.te.n.shi.zu.ra.i.na.

這裡是單向道喔。
ここ、一方通行だよ。
ko.ko.　i.ppo.u.tsu.u.ko.u.da.yo.

稍微倒退一點。
少し　バックして。
su.ko.shi.　ba.kku.shi.te.

違規及事故　　非敬語

沒看到那個交通標誌。
あの　交通標識が　見えなかった。
a.no.　ko.u.tsu.u.hyo.u.shi.ki.ga.　mi.e.na.ka.tta.

超速了喔。
スピード違反だよ。
su.pi.i.do.i.ha.n.da.yo.

好像有大的事故。
事故が　あった　みたいね。
ji.ko.ga.　a.tta.　mi.ta.i.ne.

塞車　　非敬語

啊，遇上塞車了。
ああ、渋滞に　はまって　しまった。
a.a.　ju.u.ta.i.ni.　ha.ma.tte.　shi.ma.tta.

因為大雨所以高速公路塞車。
大雨で　高速が　渋滞してる。
o.o.a.me.de.　ko.u.so.ku.ga.　ju.u.ta.i.shi.te.ru.

有沒有捷徑呢？
裏道　ないかな。
u.ra.mi.chi.　na.i.ka.na.

251

# 行車問題

## 基礎用語

| 汽油 | ガソリン | ga.so.ri.n. |
|------|----------|-------------|
| 加油站 | ガソリンスタンド | ga.so.ri.n su.ta.n.do. |
| 檔 | ギア | gi.a. |
| 燈 | ライト | ra.i.to. |
| 輪胎 | タイヤ | ta.i.ya. |

## 加油　非敬語

快沒油了。

ガソリン 減って きた。
ga.so.ri.n. he.tte. ki.ta.

繞去加油站吧。

ガソリンスタンドに 寄って いこう。
ga.so.ri.n.su.ta.n.do.ni. yo.tte. i.ko.u.

95 加滿。

レギュラーラー 満タンで。
re.gyu.u.ra.a. ma.n.ta.n.de.

車子狀況

爆胎了。非敬語

タイヤが　パンクした！
ta.i.ya.ga.　pa.n.ku.shi.ta.

進不了檔。非敬語

ギアが　入（はい）らない。
gi.a.ga.　ha.i.ra.na.i.

好像有車門沒關緊。非敬語

どこか　半（はん）ドア　みたい。
do.ko.ka.　ha.n.do.a.　mi.ta.i.

車燈沒亮。

ライトが　ついていません。
ra.i.to.ga.　tsu.i.te.i.ma.se.n.

洗車

要不要買洗車券呢...。非敬語

洗車券（せんしゃけん）、　買（か）おうかな。
se.n.sha.ke.n.　ka.o.u.ka.na.

請幫我洗車和打蠟。

洗車（せんしゃ）と　ワックス　お願（ねが）いします。
se.n.sha.to.　wa.kku.su.　o.ne.ga.i.shi.ma.su.

## 火車地鐵

### 基礎用語

| 電車、火車 | でんしゃ<br>電車 | de.n.sha. |
|---|---|---|
| 車站 | えき<br>駅 | e.ki. |
| 地下鐵 | ちかてつ<br>地下鉄 | chi.ka.te.tsu. |
| 新幹線 | しんかんせん<br>新幹線 | shi.n.ka.n.se.n. |
| 轉乘 | の か<br>乗り換え | no.ri.ka.e. |

### 出發

坐新幹線去比較快。
しんかんせん　　 い　　　　　　　はや
新幹線で　行ったほうが　速いです。
shi.n.ka.n.se.n.de.　i.tta.ho.u.ga.　ha.ya.i.de.su.

幾號月台出發呢？
なんばん
何番　ホームから　出ますか？
na.n.ba.n.　ho.o.mu.ka.ra.　de.ma.su.ka.

還有幾站才到？
　　　なんえき　　　　 つ
あと　何駅で　着きますか？
a.to.　na.n.e.ki.de.　tsu.ki.ma.su.ka.

転乗下車

在新橋站轉乘嗎？
しんばしえき の か
新橋駅で 乗り換えれば いいですか？
shi.n.ba.shi.e.ki.de. no.ri.ka.e.re.ba. i.i.de.su.ka.

用 APP 查詢轉乘資訊。
の か しら
乗り換えを アプリで 調べました。
no.ri.ka.e.o. a.pu.ri.de. shi.ra.be.ma.shi.ta.

下站就要下車了。
つぎ お
次で 降りますよ。
tsu.gi.de. o.ri.ma.su.yo.

乘車狀況

早上的電車總是很擠。
あさ でんしゃ こ
朝の電車は いつも 混んでいます。
a.sa.no.de.n.sha.wa. i.tsu.mo. ko.n.de.i.ma.su.

列車很空。
れっしゃ す
列車が 空いています。
re.ssha.ga. su.i.te.i.ma.su.

最近的出口是？
いちばんちか でぐち
一番近い 出口は？
i.chi.ba.n.chi.ka.i. de.gu.chi.wa.

# 火車突發狀況

MP3 115

## 基礎用語

| | | |
|---|---|---|
| 最後一班火車 | 終電 (しゅうでん) | shu.u.de.n. |
| 第一班火車 | 始発 (しはつ) | shi.ha.tsu. |
| 火車誤點 | 電車の遅れ (でんしゃ おく) | de.n.sha.no.o.ku.re. |
| 沒坐上 | 乗り遅れ (の おく) | no.ri.o.ku.re. |
| 坐過頭 | 乗り越し (の こ) | no.ri.ko.shi. |

## 沒搭上車　非敬語

趕不上火車。
電車の 時間に 間に合わなかった。(でんしゃ　じかん　ま あ)
de.n.sha.no. ji.ka.n.ni. ma.ni.a.wa.na.ka.tta.

沒搭上最後一班火車。
終電を 逃がした。(しゅうでん　の)
shu.u.de.n.o. no.ga.shi.ta.

不小心坐過頭了。
乗り過ごして しまった。(の す)
no.ri.su.go.shi.te. shi.ma.tta.

### 突發狀況

這站的站名是什麼？

ここは　なんという　駅ですか？
ko.ko.wa.　na.n.to.i.u.　e.ki.de.su.ka.

我把東西忘在電車上了。

電車に　忘れ物を　したのですが。
de.n.sha.ni.　wa.su.re.mo.no.o.　shi.ta.no.
de.su.ga.

我把車票弄丟了。

切符を　なくして　しまいました。
ki.ppu.o.　na.ku.shi.te.　shi.ma.i.ma.shi.ta.

好像有人員事故。

人身事故だそうです。
ji.shi.n.ji.ko.da.so.u.de.su.

坐到反方向了。 非敬語

逆方向に　乗っちゃった。
gya.ku.ho.u.ko.u.ni.　no.ccha.tta.

### 等待

我在票口等你。

改札口で　待っています。
ka.i.sa.tsu.gu.chi.de.　ma.tte.i.ma.su.

# 買車票

基礎用語

| 車票 | きっぷ<br>切符 | ki.ppu. |
|---|---|---|
| 運費 | うんちん<br>運賃 | u.n.chi.n. |
| 1日券 | いちにちけん<br>1日券 | i.chi.ni.chi.ke.n. |
| 來回 | おうふく<br>往復 | o.u.fu.ku. |
| 單程 | かたみち<br>片道 | ka.ta.mi.chi. |

車資

車資多少錢呢？
うんちん
運賃は　いくらですか？
u.n.chi.n.wa.　i.ku.ra.de.su.ka.

橫濱來回是多少錢？
よこはま　　　　　おうふく
横浜まで　往復　いくらですか？
yo.ko.ha.ma.ma.de.　o.u.fu.ku.　i.ku.ra.de.su.ka.

補票機在哪裡？
せいさんき
精算機は　どこですか？
se.i.sa.n.ki.wa.　do.ko.de.su.ka.

## 購票

在哪裡買車票？
切符は どこで 買えますか？
<ruby>切符<rt>きっぷ</rt></ruby>は どこで <ruby>買<rt>か</rt></ruby>えますか？
ki.ppu.wa. do.ko.de. ka.e.ma.su.ka.

2 張全票。
大人 2 枚 ください。
<ruby>大人<rt>おとな</rt></ruby>2<ruby>枚<rt>まい</rt></ruby> ください。
o.to.na.ni.ma.i. ku.da.sa.i.

到名古屋 1 張。
名古屋まで 片道 1 枚 ください。
<ruby>名古屋<rt>なごや</rt></ruby>まで <ruby>片道<rt>かたみち</rt></ruby>1<ruby>枚<rt>いちまい</rt></ruby> ください。
na.go.ya.ma.de. ka.ta.mi.chi.i.chi.ma.i.
ku.da.sa.i.

有 1 日券嗎？
1 日券は ありますか？
1<ruby>日券<rt>いちにちけん</rt></ruby>は ありますか？
i.chi.ni.chi.ke.n.wa. a.ri.ma.su.ka.

## 座位

請給我靠走道的位子。
通路側の 席を お願いします。
<ruby>通路側<rt>つうろがわ</rt></ruby>の <ruby>席<rt>せき</rt></ruby>を お<ruby>願<rt>ねが</rt></ruby>いします。
tsu.u.ro.ga.wa.no. se.ki.o. o.ne.ga.i.shi.ma.su.

我想要靠窗的位子。
窓側の 席が いいのですが。
<ruby>窓側<rt>まどがわ</rt></ruby>の <ruby>席<rt>せき</rt></ruby>が いいのですが。
ma.do.ga.wa.no. se.ki.ga. i.i.no.de.su.ga.

# 乘車

MP3
117

## 基礎用語

| 乘車處 | のりば | no.ri.ba. |
|---|---|---|
| 月台 | ホーム | ho.o.mu. |
| 另一側 | 反対側<br>はんたいがわ | ha.n.ta.i.ga.wa. |
| 反方向 | 逆方向<br>ぎゃくほうこう | gya.ku.ho.u.ko.u. |
| 交通卡 | 交通系 IC カード<br>こうつうけい | ko.u.tsu.u.ke.i.<br>a.i.shi.i.ka.a.do. |

## 乘車

乘車處在哪裡？

のりばは　どこですか？
no.ri.ba.wa.　do.ko.de.su.ka.

這是我的位子。

ここは　わたしの　席ですが。
せき
ko.ko.wa.　wa.ta.shi.no.　se.ki.de.su.ga.

到了。
着きました。
っ
tsu.ki.ma.shi.ta.

## 火車

往澀谷是幾號月台？
しぶやゆき　　　　なんばんせん
渋谷行は　　　　何番線ですか？
shi.bu.ya.yu.ki.wa.　na.n.ba.n.se.n.de.su.ka.

請問是幾號車？
なんごうしゃ
何号車ですか？
na.n.go.u.sha.de.su.ka.

你坐到反方向的電車喔。
ぎゃくほうこう　　でんしゃ　　の
逆方向の　電車に　乗っていますよ。
gya.ku.ho.u.ko.u.no.　de.n.sha.ni.　no.tte.
i.ma.su.yo.

## 巴士公車

這張交通卡可以用嗎？
こうつうけい
この　交通系ICカードは　使えますか？
ko.no.　ko.u.tsu.u.ke.i.a.i.shi.i.ka.a.do.wa.
tsu.ka.e.ma.su.ka.

先付車資嗎？
まえばら
前払いですか？
ma.e.ba.ra.i.de.su.ka.

前門上車嗎？
まえの
前乗りですか？
ma.e.no.ri.de.su.ka.

# 計程車

## 基礎用語

| 計程車 | タクシー | ta.ku.shi.i. |
|---|---|---|
| 後車廂 | トランク | to.ra.n.ku. |
| 計費表 | メーター | me.e.ta.a. |
| 起跳車資 | 初乗り運賃<br>はつの うんちん | ha.tsu.no.ri.<br>u.n.chi.n. |
| 深夜加成 | 深夜料金<br>しんやりょうきん | shi.n.ya.ryo.u.ki.n. |

## 招車上車

哪裡可以招到計程車呢？

どこで タクシーを 捕まえられますか？
つか

do.ko.de. ta.ku.shi.i.o. tsu.ka.ma.e.ra.re.ma.su.ka.

我要來回東京車站。

東京駅まで 往復で お願いします。
とうきょうえき おうふく ねが

to.u.kyo.u.e.ki.ma.de. o.u.fu.ku.de.
o.ne.ga.i.shi.ma.su.

我要到這個地址。

この　住所まで　お願いします。

ko.no.　ju.u.sho.ma.de.　o.ne.ga.i.shi.ma.su.

走最近的路。

最短ルートで　お願いします。

sa.i.ta.n.ru.u.to.de.　o.ne.ga.i.shi.ma.su.

可以開後車廂嗎？

トランクを　開けて　もらえますか？

to.ra.n.ku.o.　a.ke.te.　mo.ra.e.ma.su.ka.

### 中途停車

請 ( 在這裡 ) 等一下。

( ここで )　ちょっと　待っていて
ください。

(ko.ko.de)　cho.tto.　ma.tte.i.te.　ku.da.sa.i.

### 下車

我要在這裡下車。

ここで　降ろして　ください。

ko.ko.de.　o.ro.shi.te.　ku.da.sa.i.

不必找錢了。

お釣りは　いりません。

o.tsu.ri.wa.　i.ri.ma.se.n.

## 公車巴士

基礎用語

| 巴士、公車 | バス | ba.su. |
|---|---|---|
| 一般公車 | 路線バス | ro.se.n.ba.su. |
| 長途巴士 | 高速バス | ko.u.so.ku.ba.su. |
| 夜間長途巴士 | 夜行バス | ya.ko.u.ba.su. |
| 巴士(公車)總站 | バスターミナル | ba.su.ta.a.mi.na.ru. |

乗車問題

(這台公車)停上野公園嗎?
(このバスは) 上野公園に 止まりますか?
(ko.no.ba.su.wa.) u.e.no.ko.u.e.n.ni. to.ma.ri.ma.su.ka.

公車站在哪裡?
バス停は どこですか?
ba.su.te.i.wa. do.ko.de.su.ka.

該在哪下車呢？

どこで 降りたら いいですか？

do.ko.de. o.ri.ta.ra. i.i.de.su.ka.

### 班次

多久來一班？

どのくらいの 頻度で 来ますか？

do.no.ku.ra.i.no. hi.n.do.de. ki.ma.su.ka.

最晚的班次是幾點？

最終は 何時ですか？

sa.i.shu.u.wa. na.n.ji.de.su.ka.

下一班公車是幾點？

次のバスは 何時ですか？

tsu.gi.no.ba.su.wa. na.n.ji.de.su.ka.

### 乘車狀況

好像快暈車了。 非敬語

ちょっと 車酔いしそう。

cho.tto. ku.ru.ma.yo.i.shi.so.u.

忘了按下車鈴。

降車ボタンを 押し忘れました。

ko.u.sha.bo.ta.n.o. o.shi.wa.ru.re.ma.shi.ta.

# 船

## 基礎用語

| 港口 | みなと<br>港 | mi.na.to. |
|---|---|---|
| 船 | ふね<br>船 | fu.ne. |
| 郵輪旅行 | クルージング | ku.ru.u.ji.n.gu. |
| 遊艇 | ヨット | yo.tto. |
| 甲板 | デッキ | de.kki. |

## 交通船

坐小客船去四國。 非敬語
しこく　　　い
フェリーで　四国に　行く。
fe.ri.i.de.　　shi.ko.ku.ni.　i.ku.

小客船是幾點出發？
なんじ　　しゅっぱつ
フェリーは　何時に　出発しますか？
fe.ri.i.wa.　na.n.ji.ni.　shu.ppa.tsu.shi.ma.su.ka.

請在 3 點前上車。
さんじ　　　　じょうせん
3 時までに　乗船して　ください。
sa.n.ji.ma.de.ni.　jo.u.se.n.shi.te.　ku.da.sa.i.

### 觀光船

有乘坐觀光船的地方嗎？
遊覧船に 乗れる ところは ありま
すか？
yu.u.ra.n.se.n.ni. no.re.ru. to.ko.ro.wa.
a.ri.ma.su.ka.

有用腳踩的小船。
足漕ぎボートなら あります。
a.shi.ko.gi.bo.o.to.na.ra. a.ri.ma.su.

### 乘船話題

你是在哪個港口上船的呢？
どの港から この船に 乗ったんです
か？
do.no.mi.na.to.ka.ra. ko.no.fu.ne.ni. no.tta.
n.de.su.ka.

下個停靠港是哪裡？ 非敬語
次の 停泊地は どこ？
tsu.gi.no. te.i.ha.ku.chi.wa. do.ko.

老是暈船。 非敬語
いつも 船酔いする。
i.tsu.mo. fu.na.yo.i.su.ru.

# 飛機

## 基礎用語

| 飛機 | ひこうき<br>飛行機 | hi.ko.u.ki. |
|---|---|---|
| 搭機 | とうじょう<br>搭乗 | to.u.jo.u. |
| 候補 | キャンセル待ち | kya.n.se.ru.ma.chi. |
| 停飛 | けっこう<br>欠航 | ke.kko.u. |
| 班次 | びん<br>便 | bi.n. |

## 報到

日亞航的報到櫃台在哪裡？

JAL の チェックインカウンターは
どこですか？

ja.ru.no. che.kku.i.n.ka.u.n.ta.a.wa.
do.ko.de.su.ka.

我想候補機位。

キャンセル待ちの 手続きを したい
のですが。

kya.n.se.ru.ma.chi.no. te.tsu.zu.ki.o.
shi.ta.i.no.de.su.ga.

已經辦理線上登機。

オンラインチェックインを　済ませて
います。

o.n.ra.i.n.che.kku.i.n.o.　su.ma.se.te.i.ma.su.

會準時出發嗎？

時間通りの　出発ですか？
じかんどお　　　しゅっぱつ

ji.ka.n.do.o.ri.no.　shu.ppa.tsu.de.su.ka.

停飛嗎？

欠航ですか？
けっこう

ke.kko.u.de.su.ka.

可以換別的班機嗎？

ほかの便に　振り替えて　もらえま
　　　びん　　ふ　か
せんか？

ho.ka.no.bi.n.ni.　fu.ri.ka.e.te.　mo.ra.e.ma.
se.n.ka.

登機

幾號登機門？

何番ゲートですか？
なんばん

na.n.ba.n.ge.e.to.de.su.ka.

去第 1 航廈。

第 1 ターミナルに　行きます。
だいいち　　　　　　　い

da.i.i.chi.ta.a.mi.na.ru.ni.　i.ki.ma.su.

# 機內

## 基礎用語

| 架子 | 棚<br>たな | ta.na. |
|------|-----------|--------|
| 手提行李 | 手荷物<br>てにもつ | te.ni.mo.tsu. |
| 座椅 | シート | shi.i.to. |
| 毯子 | 毛布<br>もうふ | mo.u.fu. |
| 到達 | 到着<br>とうちゃく | to.u.cha.ku. |

## 座位

可以換到靠走道的位置嗎？
席を　通路側に　　移動できますか？
せき　つうろがわ　　　いどう
se.ki.o. tsu.u.ro.ga.wa.ni. i.do.u.de.ki.ma.su.ka.

你是不是坐錯位置了？
席、　間違えて　いませんか？
せき　まちが
se.ki. ma.chi.ga.e.te. i.ma.se.n.ka.

我可以把椅背往後倒嗎？
シートを　倒しても　いいですか？
たお
shi.i.to.o. ta.o.shi.te.mo. i.i.de.su.ka.

機入需求

我找不到地方放行李。

バッグを　入れる場所が　見つからない
のですが。

ba.ggu.o.　i.re.ru.ba.sho.ga.　mi.tsu.ka.ra.na.i.
no.de.su.ga.

不好意思，借過。

すみません。　通して　もらえますか？

su.mi.ma.se.n.　to.o.shi.te.　mo.ra.e.ma.su.ka.

請給我水。

水を　ください。

mi.zu.o.　ku.da.sa.i.

可以給我毯子嗎？

毛布を　いただけますか？

mo.u.fu.o.　i.ta.da.ke.ma.su.ka.

時間

還有幾個小時會到？

あと　何時間で　着きますか？

a.to.　na.n.ji.ka.n.de.　tsu.ki.ma.su.ka.

當地時間幾點會到？

到着は　現地時間の　何時ですか？

to.u.cha.ku.wa.　ge.n.chi.ji.ka.n.no.　na.n.ji.de.su.

# 海關轉機

## 基礎用語

| 海關 | ぜいかん<br>税関 | ze.i.ka.n. |
|---|---|---|
| 入境審查 | にゅうこくしんさ<br>入国審査 | nyu.u.ko.ku.<br>shi.n.sa. |
| 入境表格 | にゅうこく<br>入国カード | nyu.u.ko.ku.<br>ka.a.do. |
| 海關申報書 | ぜいかんしんこくしょ<br>税関申告書 | ze.i.ka.n.<br>shi.n.ko.ku.sho. |
| 轉機 | の つ<br>乗り継ぎ | no.ri.tsu.gi. |

## 表格填寫

沒有要申報的。
しんこく
申告する　　ものは　ありません。
shi.n.ko.ku.su.ru.　mo.no.wa.　a.ri.ma.se.n.

我不知道怎麼填入境表格。
にゅうこく　　　　　　か　かた
入国カードの　書き方が　わからない
のですが。
nyu.u.ko.ku.ka.a.do.no.　ka.ki.ka.ta.ga.　wa.ka.ra.
na.i.no.de.su.ga.

### 海關

預計停留多久？

どれぐらい　滞在する　予定ですか？
たいざい　　　　　よてい
do.re.gu.ra.i.　ta.i.za.i.su.ru.　yo.te.i.de.su.ka.

請出示護照。

パスポートを　見せて　ください。
み
pa.su.po.o.to.o.　mi.se.te.　ku.da.sa.i.

來這裡的目的是什麼？

入国の　　目的は　　　何ですか？
にゅうこく　　もくてき　　　なん
nyu.u.ko.ku.no.　mo.ku.te.ki.wa.　na.n.de.su.ka.

有回程機票嗎？

帰りの　チケットは　お持ちですか？
かえ　　　　　　　　　も
ka.e.ri.no.　chi.ke.tto.wa.　o.mo.chi.de.su.ka.

### 轉機

請問轉機櫃檯在哪裡？

乗り継ぎカウンターは　どこですか？
の　つ
no.ri.tsu.gi.ka.u.n.ta.a.wa.　do.ko.de.su.ka.

請再報到一次。

もう一度　チェックインして　ください。
いちど
mo.u.i.chi.do.　che.kku.i.n.shi.te.　ku.da.sa.i.

# 行李

MP3
124

## 基礎用語

| 寄艙行李 | 預け荷物 あず にもつ | a.zu.ke.ni.mo.tsu. |
| --- | --- | --- |
| 手提行李 | 機内持ち込み荷物 きないも こ にもつ | ki.na.i.mo.chi.ko.mi. ni.mo.tsu. |
| 行李箱 | スーツケース | su.u.tsu.ke.e.su. |
| 超重 | 重量オーバー じゅうりょう | ju.u.ryo.u.o.o.ba.a. |
| 超重費 | 超過料金 ちょうかりょうきん | cho.u.ka.ryo.u.ki.n. |

## 寄物託運

寄物處在哪裡？
荷物預かり所は　　どこですか？
にもつあず　　しょ
ni.mo.tsu.a.zu.ka.ri.sho.wa.　do.ko.de.su.ka.

有1個寄艙行李。
預ける　スーツケースが　1個あります。
あず　　　　　　　　　　　いっこ
a.zu.ke.ru.　su.u.tsu.ke.e.su.ga.　i.kko.a.ri.ma.su.

可以幫我搬嗎？
運ぶのを　手伝って　くれませんか？
はこ　　　てつだ
ha.ko.bu.no.o.　te.tsu.da.tte.　ku.re.ma.se.n.ka.

### 超重及內容物

我要重新裝(行李)。
詰め直します。
tsu.me.na.o.shi.ma.su.

裡面有易碎物。
割れ物が　　入っています。
wa.re.mo.no.ga.　ha.i.tte.i.ma.su.

付了超重費。　非敬語
超過料金を　　払った。
cho.u.ka.ryo.u.ki.n.o.　ha.ra.tta.

### 領取行李

101次班機的行李轉盤在哪？
１０１便は　何番の　ターンテーブル
ですか？
i.chi.ma.ru.i.chi.bi.n.wa.　na.n.ba.n.no.　ta.a.n.te.
e.bu.ru.de.su.ka.

找不到我的行李箱。
スーツケースが　見つかりません。
su.u.tsu.ke.e.su.ga.　mi.tsu.ka.ri.ma.se.n.

# 電梯手扶梯

MP3
125

## 基礎用語

| | | |
|---|---|---|
| 樓梯 | 階段 (かいだん) | ka.i.da.n. |
| 電梯 | エレベーター | e.re.be.e.ta.a. |
| 手扶梯 | エスカレーター | e.su.ka.re.e.ta.a. |
| 上 | 上 (うえ) | u.e. |
| 下 | 下 (した) | shi.ta. |

## 樓梯

請利用右邊的樓梯。
右側の階段を　ご利用　ください。
(みぎがわ かいだん)　(りょう)
mi.gi.ga.wa.no.ka.i.da.n.o.　go.ri.yo.u.　ku.da.sa.i.

請爬上樓。
階段を　登って　ください。
(かいだん)　(のぼ)
ka.i.da.n.o.　no.bo.tte.　ku.da.sa.i.

請下樓梯
階段を　降りて　ください。
(かいだん)　(お)
ka.i.da.n.o.　o.ri.te.　ku.da.sa.i.

電梯內狀況

被關在裡面了。
閉じ込められました。
to.ji.ko.me.ra.re.ma.shi.ta.

請按緊急按鈕。
非常ボタンを 押して ください。
hi.jo.u.bo.ta.n.o. o.shi.te. ku.da.sa.i.

電梯內對話

請上 5 樓。
5 階に お上がり ください。
go.ka.i.ni. o.a.ga.ri. ku.da.sa.i.

請問到幾樓？
何階ですか？
na.n.ka.i.de.su.ka.

這電梯是向下的。
下に 行きますけど。
shi.ta.ni. i.ki.ma.su.ke.do.

借過，我要出去 ( 出電梯 )。
すいません、降ります。
su.i.ma.se.n. o.ri.ma.su.

# 指引道路

## 基礎用語

| 指引、介紹 | 案内<ruby>あんない</ruby> | a.n.na.i. |
|---|---|---|
| 轉彎 | 曲<ruby>ま</ruby>がります | ma.ga.ri.ma.su. |
| 右邊 | 右<ruby>みぎ</ruby> | mi.gi. |
| 左邊 | 左<ruby>ひだり</ruby> | hi.da.ri. |
| 筆直地 | まっすぐ | ma.ssu.gu. |

## 指引

我帶你到店那裡吧？
お店まで　ご案内　しましょうか？
o.mi.se.ma.de.　go.a.n.na.i.　shi.ma.sho.u.ka.

我覺得坐計程車去比較好。
タクシーに　乗ったほうが　いいと
思います。
ta.ku.shi.i.ni.　no.tta.ho.u.ga.　i.i.to.o.mo.i.ma.su.

就在那裡。(指很近的地方)
すぐ　そこです。
su.gu.　so.ko.de.su.

### 到達方式

在這條路的盡頭。

この道の　　つきあたりに　あります。
ko.no.mi.chi.no.　tsu.ki.a.ta.ri.ni.　a.ri.ma.su.

在往前直走的地方。

まっすぐ行った　ところに　あります。
ma.ssu.gu.i.tta.　　　to.ko.ro.ni.　a.ri.ma.su.

在那個超商處左轉。

( あのコンビニで )　左に　　曲がって
ください。
(a.no.ko.n.bi.ni.de.)　hi.da.ri.ni.　ma.ga.tte.
ku.da.sa.i.

### 不知道路

我也是初次到這裡 ( 不知道路 )。

わたしも、　ここは　　初めてです。
wa.ta.shi.mo.　ko.ko.wa.　ha.ji.me.te.de.su.

我不是當地人 ( 所以不知道 )。

わたし、ここの　　人じゃないので…。
wa.ta.shi.　ko.ko.no.　hi.to.ja.na.i.no.de.

# 靠左？靠右？

　　日本的行車方向是靠左行駛。但是行人的行進方向，則依地區而有所不同。大部分的地區都是靠左行走，但大阪一帶則是靠右行走。所以乘坐電扶梯時，一般是靠電扶梯的左側站立，留右側供人通行。而到了大阪地區，則是靠右站立，留左側供人通行。

　　這是因為在 1970 年大阪曾舉行世界博覽會，為了配合世界各國大部分皆為靠右行走，所以當時在大阪地區便宣導行人靠右行走，因此在大阪地區便有靠右行走的習慣。

　　雖然日本大部分地區都是靠左行走，但有時在車站或是觀光景點，會依動線的不同，而有靠右行走的標示。而為了避免電扶梯事故，現在也宣導在電扶梯上不要行走。

　　以下是常見的標示：

<ruby>右側通行<rt>みぎがわつうこう</rt></ruby>：靠右行走

<ruby>左側通行<rt>ひだりがわつうこう</rt></ruby>：靠左行走

<ruby>歩<rt>ある</rt></ruby>かないで：不要 ( 在電扶梯上 ) 行走

旅行篇

# 旅行

## 基礎用語

| 出國旅行 | かいがいりょこう 海外旅行 | ka.i.ga.i.ryo.ko.u. |
|---|---|---|
| 當天來回 | ひがえ 日帰り | hi.ga.e.ri. |
| 跟團旅行 | だんたい 団体ツアー | da.n.ta.i.tsu.a.a. |
| 觀光巴士 | かんこう 観光バス | ka.n.ko.u.ba.su. |
| 幾夜 | なんぱく 何泊 | na.n.pa.ku. |

## 行程安排

第 1 次出國旅行。
かいがいりょこう　　　　　　はじ
海外旅行は　　初めてですか？
ka.i.ga.i.ryo.ko.u.wa.　ha.ji.me.te.de.su.ka.

如果當天來回的話，哪裡比較好？ 非敬語
ひがえ
日帰りなら　どこがいい？
hi.ga.e.ri.na.ra.　do.ko.ga.i.i.

有參考行程嗎？
さんこう
参考コースは　ありますか？
sa.n.ko.u.ko.o.su.wa.　a.ri.ma.su.ka.

### 旅遊

去了很多地方呢。
たくさん　回りましたね。
ta.ku.sa.n.　ma.wa.ri.ma.shi.ta.ne.

我們上瞭望台吧？
展望台に　行きましょうか？
te.n.bo.u.da.i.ni.　i.ki.ma.sho.u.ka.

沒辦法全部都 ( 去 ) 看。
全部　見るのは　無理ですね。
ze.n.bu.　mi.ru.no.wa.　mu.ri.de.su.ne.

### 旅行心得　（非敬語）

伴手禮買什麼好？
おみやげは　何が　いい？
o.mi.ya.ge.wa.　na.ni.ga.　i.i.

還想再來。
また　来たいね。
ma.ta.　ki.ta.i.ne.

時間不夠呢。
時間が　足りないな。
ji.ka.n.ga.　ta.ri.na.i.na.

MP3
128

基礎用語

| 匯兌 | <ruby>両替<rt>りょうがえ</rt></ruby> | ryo.u.ga.e. |
| 匯率 | レート | re.e.to. |
| 紙幣 | <ruby>紙幣<rt>しへい</rt></ruby> | shi.he.i. |
| 零錢 | <ruby>小銭<rt>こぜに</rt></ruby> | ko.ze.ni. |
| 旅行支票 | トラベラーズ チェック | to.ra.be.ra.a.zu. che.kku. |

想要換外幣

**哪裡可以換外幣？**
<ruby>両替<rt>りょうがえ</rt></ruby>は　　　どこで　　できますか？
ryo.u.ga.e.wa.　do.ko.de.　de.ki.ma.su.ka.

**我想把台幣換成日圓。**
<ruby>台湾<rt>たいわん</rt></ruby>ドルを　<ruby>日本円<rt>にほんえん</rt></ruby>に　<ruby>両替<rt>りょうがえ</rt></ruby>したいの
ですが。
ta.i.wa.n.do.ru.o.　ni.ho.n.e.n.ni.　ryo.u.ga.e.shi.
ta.i.no.de.su.ga.

匯率及換法

匯率大約是多少？

レートは　どれくらいですか？
re.e.to.wa.　do.re.ku.ra.i.de.su.ka.

手續費是多少？
てすうりょう
手数料は　　　いくらですか？
te.su.u.ryo.u.wa.　i.ku.ra.de.su.ka.

(鈔票面額等) 要怎麼換呢？
　　　　　　　　か
どのように　換えますか？
do.no.yo.u.ni.　ka.e.ma.su.ka.

全都換 5000 日圓紙鈔。
すべ　　　　ごせんえんさつ　　　　ねが
全て　　五千円札で　　お願いします。
su.be.te.　go.se.n.e.n.sa.tsu.de.　o.ne.ga.i.shi.
ma.su.

請給我 5 張 1000 圓紙鈔。
いちまんえんさつ　　ごまい
1 万円札　5 枚に　して　ください。
i.chi.ma.n.e.n.sa.tsu.　go.ma.i.ni.　shi.te.
ku.da.sa.i.

因為日圓貴所以損失了。　非敬語
えんだか　　　　そん
円高で　　損した。
e.n.da.ka.de.　so.n.shi.ta.

# 住宿

## 基礎用語

| | | |
|---|---|---|
| 住宿 | しゅくはく<br>宿泊 | shu.ku.ha.ku. |
| 飯店、酒店 | ホテル | ho.te.ru. |
| 溫泉旅館 | おんせんりょかん<br>温泉旅館 | o.n.se.n.ryo.ka.n. |
| 禁菸房 | きんえん<br>禁煙ルーム | ki.n.e.n.ru.u.mu. |
| 吸菸房 | きつえん<br>喫煙ルーム | ki.tsu.e.n.ru.u.mu. |

## 登記入住

我要登記入住。

チェックインを お願いします。
che.kku.i.n.o. o.ne.ga.i.shi.ma.su.

請給我禁菸房。

きんえん
禁煙ルーム にして ください。
ki.n.e.n.ru.u.mu. ni.shi.te. ku.da.sa.i.

住宿費是先付嗎？

りょうきん まえばら
料金は 前払いですか？
ryo.u.ki.n.wa. ma.e.ba.ra.i.de.su.ka.

## 住房需求

有接駁車嗎？

シャトルバスは　ありますか？
sha.to.ru.ba.su.wa.　a.ri.ma.su.ka.

有無線網路嗎？
む せ ん らん
無線 LAN は　ありますか？
mu.se.n.ra.n.wa.　a.ri.ma.su.ka.

請打掃房間。
へ や　　　そう じ
部屋を　掃除して　ください。
he.ya.o.　so.u.ji.shi.te.　ku.da.sa.i.

暖氣壞了。
だんぼう　　　　こしょう
暖房が　　故障しています。
da.n.bo.u.ga.　ko.sho.u.shi.te.i.ma.su.

## 退房寄物

幾點退房？

チェックアウトは　何時ですか？
なん じ
che.kku.a.u.to.wa.　na.n.ji.de.su.ka.

我想寄放行李。
に もつ　　　あず
荷物を　預かって　もらいたいのですが。
ni.mo.tsu.o.　a.zu.ka.tte.　i.ta.da.ki.ta.i.no.de.su.
ga.

# 景點

## 基礎用語

| 觀光景點 | かんこう<br>観光スポット | ka.n.ko.u.su.po.tto. |
|---|---|---|
| 詢問處、<br>遊客中心 | あんないじょ<br>案内所 | a.n.na.i.jo. |
| 風景 | けしき<br>景色 | ke.shi.ki. |
| 簡介 | パンフレット | pa.n.fu.re.tto. |
| 歷史 | れきし<br>歷史 | re.ki.shi. |

## 遊客中心

遊客中心在哪裡？
かんこうあんないじょ
観光案内所は　　　どこですか？
ka.n.ko.u.a.n.na.i.jo.wa.　do.ko.de.su.ka.

請給我中文的簡介。
ちゅうごくご
中国語の　パンフレットを　ください。
chu.u.go.ku.go.no.　pa.n.fu.re.tto.o.　ku.da.sa.i.

哪裡最有人氣？
にんき
どこが　人気ですか？
do.ko.ga.　ni.n.ki.de.su.ka.

## 推薦景點

值得去看看。
行ってみる 価値が ありますよ。
i.tte.mi.ru. ka.chi.ga. a.ri.ma.su.yo.

想去具歷史意義的地方。
歴史的な 場所を 探しています。
re.ki.shi.te.ki.na. ba.sho.o. sa.ga.shi.te.i.ma.su.

有景色漂亮的地方嗎？
景色のきれいな 場所は ありますか？
ke.shi.ki.no.ki.re.i.na. ba.sho.wa. a.ri.ma.su.ka.

## 當地名產

提到箱根，就想到溫泉。
箱根と いえば、温泉ですね。
ha.ko.ne.to. i.e.ba. o.n.se.n.de.su.na.

炸牡蠣是這裡的著名料理。
カキフライは ここの 名物です。
ka.ki.fu.ra.i.wa. ko.ko.no. me.i.bu.tsu.de.su.

想吃當地料理。 非敬語
地元料理が 食べたいな。
ji.mo.to.ryo.u.ri.ga. ta.be.ta.i.na.

# 觀光行程

## 基礎用語

| 旅行團 | ツアー | tsu.a.a. |
|---|---|---|
| 導遊 | ガイド | ga.i.do. |
| 參加 | 参加<br>さんか | sa.n.ka. |
| 集合 | 集合<br>しゅうごう | shu.u.go.u. |
| 拍照、攝影 | 撮影<br>さつえい | sa.tsu.e.i. |

## 觀光團

有推薦的旅行團嗎？

おすすめの 観光ツアーは あります
か？

o.su.su.me.no. ka.n.ko.u.tsu.a.a.wa. a.ri.ma.su.
ka.

有半日觀光行程嗎？

半日ツアーは ありますか？

ha.n.ni.chi.tsu.a.a.wa. a.ri.ma.su.ka.

1 個人也能參加嗎？
1人でも　　参加できますか？
ひとり　　　　さんか
hi.to.ri.de.mo.　sa.n.ka.de.ki.ma.su.ka.

## 旅行團相關

有導遊嗎？

ガイドは　いますか？
ga.i.do.wa.　i.ma.su.ka.

請告訴我集合時間。
集合時間を　　教えて　ください。
しゅうごうじかん　　　おし
shu.u.go.u.ji.ka.n.o.　o.shi.e.te.　ku.da.sa.i.

## 拍照

可以幫我拍照嗎？
写真を　撮って　いただけませんか？
しゃしん　と
sha.shi.n.o.　to.tte.　i.ta.da.ke.ma.se.n.ka.

可以拍照嗎？
写真を　撮っても　いいですか？
しゃしん　と
sha.shi.n.o.　to.tte.mo.　i.i.de.su.ka.

我幫你拍照吧？
写真を　撮って　あげましょうか？
しゃしん　と
sha.shi.n.o.　to.tte.　a.ge.ma.sho.u.ka.

# 伴手禮

## 基礎用語

| | | |
|---|---|---|
| 伴手禮 | おみやげ | o.mi.ya.ge. |
| 名產 | 名物<br>めいぶつ | me.i.bu.tsu. |
| 預算 | 予算<br>よさん | yo.sa.n. |
| 帶回去 | 持ち帰り<br>も　かえ | mo.chi.ka.e.ri. |
| 土產店 | おみやげ屋<br>や | o.mi.ya.ge.ya. |

## 買伴手禮

這裡的名產是什麼？
ここの　名物は　　何ですか？
ko.ko.no. me.i.bu.tsu.wa. na.n.de.su.ka.

哪個伴手禮比較受歡迎？
どの　おみやげが　人気ですか？
do.no. o.mi.ya.ge.ga. ni.n.ki.de.su.ka.

想要看看伴手禮？
おみやげを　見て　みたいです。
o.mi.ya.ge.o. mi.te. mi.ta.i.de.su.

挑選伴手禮

預算是 10000 日圓。
予算は　10000 円です。
よ.さん　　　いち.まん.えん
yo.sa.n.wa.　i.chi.ma.n.e.n.de.su.

這個太大了不方便帶回去。（非敬語）
これは　持ち帰りには　大きすぎる。
　　　　も.かえ　　　　おお
ko.re.wa.　mo.chi.ka.e.ri.ni.wa.　o.o.ki.su.gi.ru.

不能帶生食啊。（非敬語）
なまものは　持ち込めないな。
　　　　　も.こ
na.ma.mo.no.wa.　mo.chi.ko.me.na.i.na.

討論（非敬語）

這個伴手禮怎麼樣？
この　おみやげは　どう？
ko.no.　o.mi.ya.ge.wa.　do.u.

買什麼好呢？
何を　買おうかな。
なに　　か
na.ni.o.　ka.o.u.ka.na.

不買伴手禮好嗎？
おみやげを　買わなくて　いいの？
　　　　　　か
o.mi.ya.ge.o.　ka.wa.na.ku.te.　i.i.no.

# 感想

## 基礎用語

| | | |
|---|---|---|
| 感想 | かんそう<br>感想 | ka.n.so.u. |
| 喜歡 | き　い<br>気に入ります | ki.ni.i.ri.ma.su. |
| 不如預期 | きたい<br>期待はずれ | ki.tai.ha.zu.re. |
| 盡情享受了 | まんきつ<br>満喫しました | ma.n.ki.tsu.<br>shi.ma.shi.ta. |
| 超乎想象 | そうぞういじょう<br>想像以上 | so.u.zo.u.i.jo.u. |

## 感想

回來要說感想給我聽喔。
かえ　　　　　　　　　　かんそう　　　　　　き
( 帰ったら ) 　　感想を　　聞かせて
ください ね。
ka.e.tta.ra.　　　ka.n.so.u.o.　　ki.ka.se.te.
ku.da.sa.i.ne.

不如預期啊。( 失望 )　非敬語
きたい
期待はずれだな。
ki.ta.i.ha.zu.re.da.na.

比想像中還好玩。 非敬語
<ruby>想像以上<rt>そうぞういじょう</rt></ruby>に <ruby>楽<rt>たの</rt></ruby>しかった。
so.u.zo.u.i.jo.u.ni. ta.no.shi.ka.tta.

很滿意 非敬語

盡情享受了美景。
<ruby>美<rt>うつく</rt></ruby>しい <ruby>景色<rt>けしき</rt></ruby>を <ruby>満喫<rt>まんきつ</rt></ruby>した
u.tsu.ku.shi.i. ke.shi.ki.o. ma.n.ki.tsu.shi.ta.

物價超便宜。
<ruby>物価<rt>ぶっか</rt></ruby>が めちゃくちゃ <ruby>安<rt>やす</rt></ruby>い。
bu.kka.ga. me.cha.ku.cha. ya.su.i.

意猶未盡 非敬語

無法全都去。
<ruby>全部<rt>ぜんぶ</rt></ruby> <ruby>回<rt>まわ</rt></ruby>りきれない。
ze.n.bu. ma.wa.ri.ki.re.na.i.

真想再多留一陣子。

もっと いたかった。
mo.tto. i.ta.ka.tta.

還想再去。
また <ruby>行<rt>い</rt></ruby>きたい。
ma.ta. i.ki.ta.i.

# 和拍照相關的會話

　　日語裡，照片是「写真」，拍照是「写真を撮る」，自拍則是「セルカ」(動詞為「セルカを撮る」)。下面介紹一些拍照片會用到的會話短句。

笑一個。
はい、チーズ。

可以幫我拍照嗎？。
写真を撮っていただけませんか？

我來幫你們拍吧。
写真をお撮りしましょうか？

我來幫你們拍吧。(シャッターを押す：按快門)

シャッターを押してあげましょうか？

可以和你拍照嗎？
一緒に写真を撮ってもらえますか？

實用問答集

# 問時間

實用問句

現在東京是幾點？
今　東京は　　何時ですか？
i.ma.　to.u.kyo.u.wa.　na.n.ji.de.su.ka.

電車快發車了嗎？
電車は　もうすぐ　出発しますか？
de.n.sha.wa.　mo.u.su.gu.　shu.ppa.tsu.
shi.ma.su.ka.

開到幾點呢？
何時まで　開いていますか？
na.n.ji.ma.de.　a.i.te.i.ma.su.ka.

商品什麼時候會送到呢？
商品は　いつ　届きますか？
sho.u.hi.n.wa.　i.tsu.　to.do.ki.ma.su.ka.

5點能回來嗎？
5時までに　帰れます？
go.ji.ma.de.ni.　ka.e.re.ma.su.

現在幾點？
時間は　わかりますか？
ji.ka.n.wa.　wa.ka.ri.ma.su.ka.

# 回答時間

MP3 134

常見回答

早上 8 點。
午前　8時です。
go.ze.n.　ha.chi.ji.de.su.

是的，5 分鐘之後。
はい、5分後です。
ha.i.　go.fu.n.go.de.su.

營業到 10 點。
10時まで　営業します。
ju.u.ji.ma.de.　e.i.gyo.u.shi.ma.su.

星期五上午會送到。
金曜日の　午前中に　届きます。
ki.n.yo.u.bi.no.　go.ze.n.chu.u.ni.　to.do.ki.ma.su.

嗯，5 點能回去。
ええ、5時までには　帰ります。
e.e.　go.ji.ma.de.ni.wa.　ka.e.ri.ma.su.

知道，現在 3 點 55 分。
はい、4時5分前です。
ha.i.　yo.ji.go.fu.n.ma.e.de.su.

# 問地點

實用問句

距離大約多遠？

どのぐらいの　距離ですか？
do.no.gu.ra.i.no.　kyo.ri.de.su.ka.

這附近有超商嗎？

コンビニは　この辺に　ありますか？
ko.n.bi.ni.wa.　ko.no.he.n.ni.　a.ri.ma.su.ka.

最近的車站在哪裡？

一番近い駅は　　　どこですか？
i.chi.ba.n.chi.ka.i.e.ki.wa.　do.ko.de.su.ka.

我想去王子飯店(請告訴我怎麼走)。

プリンスホテルに　行きたいのですが。
pu.ri.n.su.ho.te.ru.ni.　i.ki.ta.i.no.de.su.ga.

在銀行附近嗎？

銀行の　　近くですか？
gi.n.ko.u.no.　chi.ka.ku.de.su.ka.

坐公車的能到嗎？

バスで　行けますか？
ba.su.de.　i.ke.ma.su.ka.

# 回答地點

大約1公里。
1キロ くらいです。
i.chi.ki.ro. ku.ra.i.de.su.

出了飯店後，在左邊。
ホテルを 出て、左です。
ho.te.ru.o. de.te. hi.da.ri.de.su.

在直走過去的地方。
まっすぐ 行った ところに ありま
す。
ma.ssu.gu. i.tta. to.ko.ro.ni. a.ri.ma.su.

在那個紅綠燈處右轉。
(あの信号で) 右に 曲がって くだ
さい。
(a.no.shi.n.go.de.) mi.gi.ni. ma.ga.tte.
ku.da.sa.i.

是的，就在銀行旁邊。
ええ、銀行の すぐ隣です。
e.e. gi.n.ko.u.no. su.gu.to.na.ri.de.su.

# 請求許可

實用問句

我可以拍照嗎？
写真を　撮っても　いいですか？
sha.shi.n.o.　to.tte.mo.　i.i.de.su.ka.

我可以坐這裡嗎？
ここに　座っても　いいですか？
ko.ko.ni.　su.wa.tte.mo.　i.i.de.su.ka.

可以拜託你嗎？
お願いを　しても　よろしいですか？
o.ne.ga.i.o.　shi.te.mo.　yo.ro.shi.i.de.su.ka.

可以問問題嗎？
質問しても　　いいですか？
shi.tsu.mo.n.shi.te.mo.　i.i.de.su.ka.

可以試穿嗎？
着て　みても　いいですか？
ki.te.　mi.te.mo.　i.i.de.su.ka.

你介意我關窗戶嗎？
窓を　閉めても　かまいませんか？
ma.do.o.　shi.me.te.mo.　ka.ma.i.ma.se.n.ka.

# 允許或拒絕

常見回答

對不起，不能拍照。

すみません、写真は　ちょっと…。
su.mi.ma.se.n.　sha.shi.n.wa.　cho.tto.

對不起，這裡不方便。

すみません、ここは　ちょっと…。
su.mi.ma.se.n.　ko.ko.wa.　cho.tto.

可以的，請。

ええ、どうぞ。
e.e.　　do.u.zo.

可以的，當然。

ええ、もちろん。
e.e.　　mo.chi.ro.n.

可以，請。

はい、どうぞ。
ha.i.　　do.u.zo.

可以的，不介意。

ええ、かまいません。
e.e.　　ka.ma.i.ma.se.n.

# 邀請

實用問句

我們去看電影吧。
映画を 見に 行きましょう。
e.i.ga.o. mi.ni. i.ki.ma.sho.u.

一起去唱 KTV 吧。
一緒に カラオケに 行きましょう。
i.ssho.ni. ka.ra.o.ke.ni. i.ki.ma.sho.u.

要不要一起喝一杯？
一緒に 飲みませんか？
i.ssho.ni. no.mi.ma.se.n.ka.

要不要去購物？
買い物に 行きませんか？
ka.i.mo.no.ni. i.ki.ma.se.n.ka.

要不要共進晚餐？ 非敬語
一緒に 晩ごはんは いかが？
i.ssho.ni. ba.n.go.ha.n.wa. i.ka.ga.

可以約你明天出來嗎？
明日 誘っても いいですか？
a.shi.ta. sa.so.tte.mo. i.i.de.su.ka.

## 接受或婉拒邀請

常見回答

好啊，要看什麼？
いいですね。何を　見ます？
i.i.de.su.ne.　　na.ni.o.　mi.ma.su.

好啊。

いいですね。
i.i.de.su.ne.

好呀，要在哪兒碰面？

いいですよ。どこで　会いましょう？
i.i.de.su.yo.　　do.ko.de.　a.i.ma.sho.u.

對不起，現在不想買東西。 (非敬語)
ごめん、今　買い物の　気分じゃない
の。
go.me.n. i.ma.　ka.i.mo.no.no. ki.bu.n.ja.na.i.
no.

對不起，我明天有事了。
ごめんなさい、明日は　予定が　ある
んです。
go.me.n.na.sa.i.　a.shi.ta.wa.　yo.te.i.ga.　a.ru.n.
de.su.

# 請託

實用問句

可以耽誤你一點時間嗎？
<ruby>少<rt>すこ</rt></ruby>し　お<ruby>時間<rt>じかん</rt></ruby>を　いただけませんか？
su.ko.shi. o.ji.ka.n.o. i.ta.da.ke.ma.se.n.ka.

可以幫我忙嗎？
<ruby>手伝<rt>てつだ</rt></ruby>って　いただけませんか？
te.tsu.da.tte. i.ta.da.ke.ma.se.n.ka.

想請你幫我介紹。
<ruby>案内<rt>あんない</rt></ruby>して　いただきたいのですが。
a.n.na.i.shi.te. i.ta.da.ki.ta.i.no.de.su.ga.

可以幫我買那個來嗎？
それを　<ruby>買<rt>か</rt></ruby>ってきて　くれますか？
so.re.o. ka.tte.ki.te. ku.re.ma.su.ka.

可以拜託你嗎？
お<ruby>願<rt>ねが</rt></ruby>い　しても　いいですか？
o.ne.ga.i. shi.te.mo. i.i.de.su.ka.

我有事想拜託你。　非敬語
お<ruby>願<rt>ねが</rt></ruby>いが　あるんだけど。
o.ne.ga.i.ga. a.ru.n.da.ke.do.

# 接受或婉拒請託

好的，什麼事？
ええ、何<ruby>何<rt>なん</rt></ruby>でしょうか？
e.e. na.n.de.sho.u.ka.

當然可以。
もちろんです。
mo.chi.ro.n.de.su.

可以啊。
いいですよ。
i.i.de.su.yo.

我知道了，( 現在 ) 去買。
わかりました。( <ruby>今<rt>いま</rt></ruby> )<ruby>買<rt>か</rt></ruby>いに <ruby>行<rt>い</rt></ruby>きます。
wa.ka.ri.ma.shi.ta. (i.ma.)ka.i.ni. i.ki.ma.su.

當然可以。什麼事呢？
もちろんです。<ruby>何<rt>なん</rt></ruby>ですか？
mo.chi.ro.n.de.su. na.n.de.su.ka.

對不起，我 ( 現在 ) 很忙。
ごめん、( <ruby>今<rt>いま</rt></ruby> )とても <ruby>忙<rt>いそが</rt></ruby>しいんです。
go.me.n. (i.ma.)to.te.mo. i.so.ga.shi.i.n.de.su.

## 問方法

MP3
139

**實用問句**

可以教我做法嗎？
やり方を 教えて くださいませんか？
ya.ri.ka.ta.o. o.shi.e.te. ku.da.sa.i.ma.se.n.ka.

這個怎麼做呢？
これは どうやって 作るんですか？
ko.re.wa. do.u.ya.tte. tsu.ku.ru.n.de.su.ka.

怎麼到這裡的？
どうやって ここまで 来ましたか？
do.u.ya.tte. ko.ko.ma.de. ki.ma.shi.ta.ka.

用什麼方法準備呢？
どんな 方法で 準備しましたか？
do.n.na. ho.u.ho.u.de. ju.n.bi.shi.ma.shi.ta.ka.

這個漢字怎麼念？
この漢字は どう 発音しますか？
ko.no.ka.n.ji.wa. do.u. ha.tsu.o.n.shi.ma.su.ka.

那個怎麼辦到的？ 非敬語
それ、どうやって やったの？
so.re. do.u.ya.tte. ya.tta.no.

# 說明方法

常見回答

當然，我們從頭開始吧。
もちろん。1から　始めましょう。
mo.chi.ro.n.　i.chi.ka.ra.　ha.ji.me.ma.sho.u.

對不起，我忘了。
ごめん、忘れました。
go.me.n.　wa.su.re.ma.shi.ta.

搭公車 ( 來的 )。
バスです。
ba.su.de.su.

只是拚命地做。
一生懸命　やるだけです。
i.ssho.ke.n.me.i.　ya.ru.da.ke.de.su.

讀作「ki.zu.na.」。
「キズナ」と　読みます。
ki.zu.na.to.　　　yo.mi.ma.su.

我來說明給你聽。 非敬語
説明するよ。
se.tsu.me.i.su.ru.yo.

309

## 問經驗

MP3
140

實用問句

(最近)看了什麼好電影嗎？

（最近）どんな いい映画を 見ましたか？

(sa.i.ki.n). do.n.na. i.i.e.i.ga.o. mi.ma.shi.ta.ka.

你曾經住過福岡啊？

福岡に 住んでたんですか？

fu.ku.o.ka.ni. su.n.de.ta.n.de.su.ka.

在這裡工作多久了呢？

ここで どれだけ 勤務してるんですか？

ko.ko.de. do.re.da.ke. ki.n.mu.shi.te.ru.n.de.su.ka.

爬過富士山嗎？

富士山に 登ったことが ありますか？

fu.ji.sa.n.ni. no.bo.tta.ko.to.ga. a.ri.ma.su.ka.

用過新商品了嗎？ （非敬語）

新商品は 使った？

shi.n.sho.u.hi.n.wa. tsu.ka.tta.

## 敘述經驗

MP3
140

常見回答

最近很少看電影啊。

最近　あまり　映画見ませんね。
さいきん　　　　えいがみ
sa.i.ki.n.　a.ma.ri.　e.i.ga.mi.ma.se.n.ne.

是的，住過 2 年。

はい、2 年間　　住んでました。
　　　にねんかん　　す
ha.i.　ni.ne.n.ka.n.　su.n.de.ma.shi.ta.

工作了 4 年。

4 年間　　働いています。
よねんかん　はたら
yo.ne.n.ka.n.　ha.ta.ra.i.te.i.ma.su.

有的。

ありますよ。
a.ri.ma.su.yo.

嗯，我很了解。

ええ、よく　知っています。
　　　　　し
e.e.　yo.ku.　shi.tte.i.ma.su.

我用了。很棒。 非敬語

使ったよ。とても　よかった。
つか
tsu.ka.tta.yo.　to.te.mo.　yo.ka.tta.

# 問想法

實用問句

你覺得怎麼樣？
どう　思いますか？
do.u.　o.mo.i.ma.su.ka.

感覺怎麼樣呢？
どのように　感じますか？
do.no.yo.u.ni.　ka.n.ji.ma.su.ka.

印象怎麼樣？
どんな　印象ですか？
do.n.na.　i.n.sho.u.de.su.ka.

如果是你的話會怎麼辦？
あなたなら　どうします？
a.na.ta.na.ra.　do.u.shi.ma.su.

我想聽聽你的意見。
意見を　聞かせて　ください。
i.ke.n.o.　ki.ka.se.te.　ku.da.sa.i.

我想聽你真正的想法。
正直な　意見を　聞きたいです。
sho.u.ji.ki.na.　i.ke.n.o.　ki.ki.ta.i.de.su.

# 表示想法

常見回答

我覺得很棒。
素敵<ruby>素敵<rt>すてき</rt></ruby>だと <ruby>思<rt>おも</rt></ruby>います。
su.te.ki.da.to. o.mo.i.ma.su.

差強人意。

イマイチです。
i.ma.i.chi.de.su.

不太記得了。
あまり <ruby>覚<rt>おぼ</rt></ruby>えてないです。
a.ma.ri. o.bo.e.te.na.i.de.su.

我的話就會做。

わたしなら やります。
wa.ta.shi.na.ra. ya.ri.ma.su.

沒什麼想法。
<ruby>何<rt>なに</rt></ruby>も <ruby>意見<rt>いけん</rt></ruby>は ありません。
na.ni.mo. i.ke.n.wa. a.ri.ma.se.n.

沒興趣。
<ruby>興味<rt>きょうみ</rt></ruby>ないです。
kyo.u.mi.na.i.de.su.

MP3
142

實用問句

身高多高？
しんちょう　　なん
身長は　　何センチですか？
shi.n.cho.u.wa.　na.n.se.n.chi.de.su.ka.

體重幾公斤？
たいじゅう　　なん
体重は　　何キロですか？
ta.i.ju.u.wa.　na.n.ki.ro.de.su.ka.

距離大約多遠？
　　　　　　　　　きょり
どのくらいの　　距離ですか？
do.no.ku.ra.i.no.　kyo.ri.de.su.ka.

大概多大？
おお
大きさは　どのくらいですか？
o.o.ki.sa.wa.　do.no.ku.ra.i.de.su.ka.

大約有多大（廣）？
ひろ
広さは　どのくらい　ありますか？
hi.ro.sa.wa.　do.no.ku.ra.i.　a.ri.ma.su.ka.

那個大約多重？
　　　　　　　　　　　　　おも
それは　どのくらいの　重さですか？
so.re.wa.　do.no.ku.ra.i.no.　o.mo.sa.de.su.ka.

# 回答長寬高

常見回答

**170 公分。**
ひゃくななじゅっ
１７０　センチです。
hya.ku.na.na.ju.sse.n.chi.de.su.

**60 公斤。( キロ：公斤、公里 )**
ろくじゅっ
６０　キロです。
ro.ku.ju.u.kki.ro.de.su.

**大約 3 公斤。**
さん
３　キロぐらいです。
sa.n.ki.ro.gu.ra.i.de.su.

**我也不知道。**

さあ、わかりません。
sa.a.　　　wa.ka.ri.ma.se.n.

**大約 20 平方公尺。**
やくにじゅっへいほう
約２０ 平方メートルです。
ya.ku.ni.ju.hhe.i.ho.u.me.e.to.ru.de.su.

**2 公斤多一點。**
に
２キロ　ちょっとです。
ni.ki.ro.　　cho.tto.de.su.

315

國家圖書館出版品預行編目(CIP)資料

3個字搞定日語會話 / 雅典日研所編著. -- 初版.
-- 新北市：雅典文化，民105.05
面 ； 公分. -- (全民學日語；35)
ISBN 978-986-5753-64-1(平裝)
1. 日語 2. 會話
803.188                                    105003934

全民學日語　　35

# 3個字搞定日語會話

編著／雅典日研所
責編／許惠萍
美術編輯／許惠萍
封面設計／姚恩涵

法律顧問：方圓法律事務所／涂成樞律師

總經銷：永續圖書有限公司　　　CVS代理／美璟文化有限公司

永續圖書線上購物網　　　　TEL：(02) 2723-9968
www.foreverbooks.com.tw　　FAX：(02) 2723-9668

出版日／2016年05月

雅典文化

| 出版社 | 22103　新北市汐止區大同路三段194號9樓之1 |
|---|---|
| | TEL　(02) 8647-3663 |
| | FAX　(02) 8647-3660 |

# 3個字搞定日語會話

### 雅致風靡 典藏文化

親愛的顧客您好，感謝您購買這本書。

為了提供您更好的服務品質，煩請填寫下列回函資料，您的支持是我們最大的動力。

您可以選擇傳真、掃描或用本公司準備的免郵回函寄回，謝謝。

| 姓名： | | 性別： | □男 □女 |
|---|---|---|---|
| 出生日期： 年 月 日 | 電話： | | |
| 學歷： | | 職業： | □男 □女 |
| E-mail： | | | |
| 地址：□□□ | | | |
| 從何得知本書消息：□逛書店 □朋友推薦 □DM廣告 □網路雜誌 | | | |
| 購買本書動機：□封面 □書名 □排版 □內容 □價格便宜 | | | |
| 你對本書的意見：<br>內容：□滿意□尚可□待改進　編輯：□滿意□尚可□待改進<br>封面：□滿意□尚可□待改進　定價：□滿意□尚可□待改進 | | | |
| 其他建議： | | | |

**總經銷：永續圖書有限公司**

**永續圖書線上購物網**
**www.foreverbooks.com.tw**

---

您可以使用以下方式將回函寄回。

您的回覆，是我們進步的最大動力，謝謝。

① 使用本公司準備的免郵回函寄回。

② 傳真電話：（02）8647-3660

③ 掃描圖檔寄到電子信箱：

yungjiuh@ms45.hinet.net

---

沿此線對折後寄回，謝謝。

廣 告 回 信

基隆郵局登記證

基隆廣字第056號

2 2 1 - 0 3

**雅典文化事業有限公司　收**

新北市汐止區大同路三段194號9樓之1

雅致風靡　　典藏文化